钱
锺
书
集

钱锺书集

人·兽·鬼

生活·讀書·新知 三联书店

图书在版编目（CIP）数据

人·兽·鬼 / 钱锺书著. —2 版. —北京：
生活·读书·新知三联书店，2019.10　（2025.10 重印）
（钱锺书集）
ISBN 978 – 7 – 108 – 06606 – 0

Ⅰ. ①人…　Ⅱ. ①钱…　Ⅲ. ①短篇小说 – 小说集 – 中国 – 当代
Ⅳ. ① I247.7

中国版本图书馆 CIP 数据核字（2019）第 088802 号

责任编辑　冯金红
装帧设计　陆智昌
责任印制　董　欢
出版发行　**生活·讀書·新知** 三联书店
　　　　　（北京市东城区美术馆东街 22 号 100010）
网　　址　www.sdxjpc.com
经　　销　新华书店
印　　刷　山东临沂新华印刷物流集团有限责任公司
版　　次　2002 年 5 月北京第 1 版
　　　　　2019 年 10 月北京第 2 版
　　　　　2025 年 10 月北京第 30 次印刷
开　　本　880 毫米 × 1230 毫米　1/32　印张 4.375
字　　数　81 千字
印　　数　221,101 – 224,100 册
定　　价　32.00 元
（印装查询：01064002715；邮购查询：01084010542）

出 版 说 明

　　钱锺书先生(一九一○——一九九八年)是当代中国著名的学者、作家。他的著述,如广为传播的《谈艺录》、《管锥编》、《围城》等,均已成为二十世纪重要的学术和文学经典。为了比较全面地呈现钱锺书先生的学术思想和文学成就,经作者授权,三联书店组织力量编辑了这套《钱锺书集》。

　　《钱锺书集》包括下列十种著述:

　　《谈艺录》、《管锥编》、《宋诗选注》、《七缀集》、《围城》、《人·兽·鬼》、《写在人生边上》、《人生边上的边上》、《石语》、《槐聚诗存》。

　　这些著述中,凡已正式出版的,我们均据作者的自存本做了校订。其中,《谈艺录》、《管锥编》出版后,作者曾做过多次补订;这些补订在两书再版时均缀于书后。此次结集,我们根据作者的意愿,将各次补订或据作者指示或依文意排入相关章节。另外,我们还订正了少量排印错讹。

　　《钱锺书集》由钱锺书先生和杨绛先生提供文稿和样书;陆谷孙、罗新璋、董衡巽、薛鸿时和张佩芬诸先生任外文校订;陆文虎先生和马蓉女士分别担任了《谈艺录》和《管锥编》的编辑工作。对以上人士和所有关心、帮助过《钱锺书集》出版的人,我们都表示诚挚的感谢。

生活·讀書·新知三联书店

一九九九年十二月一日

为了满足广大读者的需求,继《钱锺书集》繁体字版之后,我们又出版了这套《钱锺书集》简体字版(《谈艺录》、《管锥编》因作者不同意排简体字版除外)。其间,我们对作者著述的组合作了相应调整,并订正了繁体字版中少量文字和标点的排校错误。

生活·讀書·新知三联书店

二〇〇一年十二月十日

钱锺书对《钱锺书集》的态度
（代　序）

杨　绛

我谨以眷属的身份，向读者说说钱锺书对《钱锺书集》的态度。因为他在病中，不能自己写序。

他不愿意出《全集》，认为自己的作品不值得全部收集。他也不愿意出《选集》，压根儿不愿意出《集》，因为他的作品各式各样，糅合不到一起。作品一一出版就行了，何必再多事出什么《集》。

但从事出版的同志们从读者需求出发，提出了不同意见，大致可归纳为三点。（一）钱锺书的作品，由他点滴授权，在台湾已出了《作品集》。咱们大陆上倒不让出？（二）《谈艺录》、《管锥编》出版后，他曾再三修改，大量增删。出版者为了印刷的方便，《谈艺录》再版时把《补遗》和《补订》附在卷末，《管锥编》的《增订》是另册出版的。读者阅读不便。出《集》重排，可把《补遗》、《补订》和《增订》的段落，一一纳入原文，读者就可以一口气读个完整。（三）尽管自己不出《集》，难保旁人不侵权擅自出《集》。

钱锺书觉得说来也有道理，终于同意出《钱锺书集》。随后他因病住医院，出《钱锺书集》的事就由三联书店和诸位友好协力担任。我是代他和书店并各友好联络的人。

钱锺书绝对不敢以大师自居。他从不厕身大师之列。他不开宗立派，不传授弟子。他绝不号召对他作品进行研究，也不喜旁人为他号召，严肃认真的研究是不用号召的。《钱锺书集》不是他的一家言。《谈艺录》和《管锥编》是他的读书心得，供会心的读者阅读欣赏。他偶尔听到入耳的称许，会惊喜又惊奇。《七缀集》文字比较明白易晓，也同样不是普及性读物。他酷爱诗。我国的旧体诗之外，西洋德、意、英、法原文诗他熟读的真不少，诗的意境是他深有领会的。所以他评价自己的《诗存》只是恰如其分。他对自己的长篇小说《围城》和短篇小说以及散文等创作，都不大满意。尽管电视剧《围城》给原作赢得广泛的读者，他对这部小说确实不大满意。他的早年作品唤不起他多大兴趣。"小时候干的营生"会使他"骇且笑"，不过也并不认为见不得人。谁都有个成长的过程，而且，清一色的性格不多见。钱锺书常说自己是"一束矛盾"。本《集》的作品不是洽调一致的，只不过同出钱锺书笔下而已。

钱锺书六十年前曾对我说：他志气不大，但愿竭毕生精力，做做学问。六十年来，他就写了几本书。本《集》收集了他的主要作品。凭他自己说的"志气不大"，《钱锺书集》只能是菲薄的奉献。我希望他毕生的虚心和努力，能得到尊重。

一九九七年十一月二十一日

五十年代的钱锺书

晚年的钱锺书

人

獸

鬼

书名由作者题签

目　录

序

　　假使这部稿子没有遗失或烧毁,这本书有一天能够出版,序是免不了的。

　　节省人工的方法愈来愈进步,往往有人甘心承认是小说或剧本中角色的原身,借以不费事地自登广告。为防免这种冒名顶替,我特此照例声明,书里的人物情事都是凭空臆造的。不但人是安分守法的良民,兽是驯服的家畜,而且鬼也并非没管束的野鬼;他们都只在本书范围里生活,决不越规溜出书外。假如谁要顶认自己是这本集子里的人、兽或鬼,这等于说我幻想虚构的书中角色,竟会走出书,别具血肉、心灵和生命,变成了他,在现实里自由活动。从黄土抟人以来,怕没有这样创造的奇迹。我不敢梦想我的艺术会那么成功,惟有事先否认,并且敬谢他抬举我的好意。

三十三年(一九四四)四月一日

　　此书稿本曾由杨绛女士在兵火仓皇中录副。《灵感》曾在傅雷、周煦良两先生主编的《新语》第一、第二期发表。《猫》曾在郑振铎、李健吾两先生主编的《文艺复兴》第一期发表。出版事宜又承徐调孚先生费力。并此致谢。

三十五年(一九四六)一月三日

　　《灵感》有捷克语译本,见捷克《外国文学杂志》一九七五年第
三期;《灵感》和《纪念》有英语译本,见哥伦比亚大学出版社一九
八一年出版的《一九一九至一九四九年中国中短篇小说选》;《纪
念》有俄语译本,见一九八五年 MOCKBA,《ХУДОЖЕСТВЕННАЯ
ЛИТЕРАТУРА》出版的《纪念:中国当代短篇小说选》。

上 帝 的 梦

　　那时候,我们的世界已经给科学家、哲学家和政治家训练得驯服,沿着创化论、进化论、层化论、优生学、"新生活运动"的规律,日新月进。今天淘汰了昨天的生活方式,下午增高了上午的文化程度。生活和文明瞬息千变,变化多得历史不胜载,快到预言不及说。那时候,人生历程的单位是用"步"来计算;不说"过了一年",说"又进了一步",不说"寿终",说"行人止步",不说"哀悼某人逝世",说"百步笑五十步"——笑他没多向前进几步。在男女结合的集会上,贺客只说"双飞",不说"双宿";只有少数守旧的人还祝这对夫妇"保持五分钟热度",这就等于我们现在说"百年偕老",明知是不可能的空话。但是这种进步的世界有一个美中不足,一切近百年史、五十年来的"文化检讨"、日记、年谱、自传、"我的几分之几的一生",以及其他相类含有讣告性的作品,都失掉了效用。幸亏那时候的人压根儿就没工夫看书。至于写这类读物的作者呢?他们运气好,早抢先在二十世纪初叶投了胎,出世了,写了,死了,有人读了,没人读了,给人忘了。进化的定律是后来者居上。时间空间演化出无机体;无机体进而为动植物;从固定的植物里变出文静、纠缠住不放的女人;从活泼的动物里变出粗野、敢冒险的男人；男人女人创化出小孩子；小孩子推演出洋娃娃。所以，至高无上的上帝该是进化最后的产物。不过，要出产个上帝谈何容易。历史上哪一个伟人不在娘胎里住过十月才肯出世呢？像现在有四万万互相残害的子孙的黄帝，就累他母亲怀了足足二十个月的孕；正位为太上道德真君的老子也在娘胎里住了八十年，然后呱呱下地，真是名副其实的"老子"了。所以当天演的力量，经过数不清的年头，创化出一位上帝时，人类已在这世界里绝迹了——也许就为"双飞"而不"双宿"的缘故，甚至进化论者也等不及了。因此，这个充满了物质的世界同时也很空虚，宛如一个放大了无数倍的愚人的头脑。

正在深夜。古旧的黑暗温厚地掩覆住衰老的世界，仿佛沉重的眼皮盖在需要休息的眼睛上。上帝被天演的力量从虚无里直推出来，进了时空间，开始觉得自己的存在。到此刻，自古以来神学家和玄学家的证明，情人、战士、农人和贫苦人的祈祷，总算有个主儿。但是，这许多虔诚的表示，好比家人寄给流浪者的信，父母生前对于遗腹子的愿望，上帝丝毫没有领略到。他张开眼，什么都瞧不见。身子周围的寂静，无边，无底。已消逝的人类的遗习，在上帝的本能里半醒过来，他像小孩子般害怕，要啼哭。然而这寂静好久没给人声打破，结成了胶，不容许声音在中间流动。上帝省悟到这身外的寂静和心里的恐怖都是黑暗孵庇的。他从此恨黑暗，要求他所未见过、不知名的光明。这要求一刻强于一刻，过了不知多少时间忽然黑暗薄了一层，夜减少了它的压力，隐隐露出高山深谷的轮廓，眼睛起了作用，视野里有了收获。这使上帝开始惊奇自己愿力的伟大。他想，他不要黑暗，黑暗就知趣让步。这还不够！本来望出去什么也没有，现在他眼睛所到，黑暗里就会生出东西，庞大地迎合着自己的目光。以前人类赞美万能创世的歌声，此时在上帝意识层下似乎又颤动着遗音和回响。

上帝也有人的脾气，知道了有权力就喜欢滥使。他想索性把黑暗全部驱除，瞧它听不听命令。咦！果然一会儿东方从灰转白，白里透红，出了太阳。上帝十分快乐，他觉得这是他要来的，听他的吩咐。他给日光射花的眼睛，自动地闭上，同时心里想："好利害的家伙！暂时不要它。"说也奇怪，果然眼前一切立即消灭，只见一团息息不停地泛出红色的黑暗。到此地步，上帝对自己的本领和权力，不能再怀疑了。既然闭上了眼便能去掉光明，这光明准是自己眼睛里产生的。不信，试张开眼睛。你瞧，这不是太阳？那不是山和水？都千依百顺地呈献在眼里。从前公鸡因为太阳非等他啼不敢露脸，对母鸡昂然夸口，又对着太阳引吭高叫，自鸣得意。比公鸡伟大无数倍的上帝，这时候心理上也就和他相去不远，只恨天演的历程没化生出相当于母鸡的东西来配他，听他夸口。这可不是天演的缺陷，有它科学上的根据。正像一切优生学配合出的动物（譬如骡），或者受人崇拜的独裁元首（譬如只有一个睾丸的希特勒），上帝是不传种的，无须配偶。不过，公鸡般的得意长鸣，还是免不了的。所以上帝不由自主地哈哈大笑，这笑在旷野空谷里起了回声，使上帝佩服自己的声音能变得这样多，放得这样大，散得这样远。

这位上帝真不愧进化出来的。他跟原始人绝然不同。他全没有野蛮人初发现宇宙时的迷信和敬畏。他还保持着文明人唯我独尊的自信心。野蛮人随时随地相信有神道，向它屈服拜倒。上帝只发现了自己的伟大，觉得能指挥万物，无须依赖任何人。世界随他的视线蜿蜒地伸出去；脚走到哪里，地会跟到哪里，只有地平线向后退，这也表示它对自己的畏怯。一切都增进他的骄傲，培养他的虚荣。他忽然需要一个伴侣。在这广漠的世界里，一个人待下去怪乏味的。要一个伴侣来解闷儿。上帝因此考虑这个伴侣该具有的条件。他的结论虽没有下面所说的那样明白，大意是相同的。

第一，这伴侣要能对自己了解。不过，这种了解只好像批评家对天才创作家的了解，能知而不能行。他的了解不会使他如法创作来和自己竞赛，只够使他中肯地赞美，妙入心坎地拍马；因为——

第二，这伴侣的作用就为满足自己的虚荣心。他该对自己无休歇地、不分皂白地颂赞，像富人家养的清客，被收买的政治家，受津贴的报纸编辑。不过，自己并没有贿赂他，这颂赞是出于他内心的感激悦服；所以——

第三，这伴侣该对自己忠实，虔诚，像——像什么呢？不但天真未凿的上帝不会知道，就是我们饱经世故，看过父子、兄弟、男女、主仆、上司和下属、领袖和爱戴者之间种种关系，也还不知道像什么。

有些人，临睡稍一思想，就会失眠；另有些人，清醒时胡思乱想,就会迷迷糊糊地入睡。上帝也许是后一种人演化出来的,他从思想滑进了睡梦。这驯服的世界也跟随他到梦境里来。他梦里依然是荒山野水,水里照见自己的形象。他灵机一动,向石骨棱棱的山身上,挑比较丰肥的地方,挖了一团泥,对照水里的形象,捏成坯子,吹口气。这坯子就活动起来,向脚边俯伏,叫:"全知全能的真宰呀!我将无休止地歌颂你。"上帝这时候又惊又喜的心情,简直不可拟议。假使我们是小女孩子,忽听得手里抱的洋娃娃赶着自己叫"妈妈",或者是大学女生,忽见壁上贴的好莱坞男明星在照相里对自己做眼,低声唱:"妹妹,我爱你!"也许我们能揣猜、想像他那时候心理的万分之一。可惜我们都不是。

一切宗教的圣经宝典关于黄土抟人的记载,此刻才算证实了不失为预言。上帝并不明白自己在做梦,或者梦在作弄自己。他不知道这团烂泥分析起来压根儿就是梦的质料。他以为真有一个凑趣助兴的人,从此以后,赞美不必出自己的口,而能称自己的心。因为对自己最好的颂赞,是心上要说而又是耳朵里听来的,有自赞那样的周到和中肯,而又出于旁人的嘴里。咱们都有这个理想,也许都曾在梦里造个人来实现。醒时要凭空造这样一个人,可没那么容易,我们只能把现成的人作为原料加工改造,成果总不很得心应手。

上帝在人类灭绝后才出世,不知不觉中占有许多便宜。譬如两个民族相斗争时,甲族虔诚地求他惩罚乙族,乙族真挚地望他毁灭甲族,使聪明正直的他左右为难。这种困难,此时决不会发生。就像他在梦里造人,假如世间还有文人,就会惹起笔墨官司。据他把烂泥捏人一点看来，上帝无疑地有自然主义的写实作风，因为他把人性看得这样卑污，向下层去找材料。同时，他当然充得古典派的作家，因为"一切创造基于模仿"，万能的他也免不了模仿着水里的印象才能造出一个人来。不知道是古典派理论不准确呢，是上帝的手工粗劣呢，还是上帝的相貌丑陋呢，他照自己模样造成的人，看来实在不顺眼。他想这也许由于泥坯太粗，而且初次动手，手工还没纯熟。于是他选取最细软的泥——恰是无数年前林黛玉葬花的土壤，仔细拣去沙砾，调和了山谷阴处未干的朝露，对着先造的人型，仔细观察长处短处，然后用已有经验的手指，捏制新的泥坯子。他从流水的波纹里，采取了曲线来做这新模型的体态；从朝霞的嫩光里，挑选出绮红来做它的脸色；向晴空里提炼了蔚蓝，浓缩入它的眼睛；最后，他收住一阵轻飘浮荡的风，灌注进这个泥型，代替自己吹气。风的性子是膨胀而流动的，所以这模型活起来，第一桩事就是伸个软软的懒腰，打个长长的呵欠，为天下伤春的少女定下了榜样。这第二个模型正是女人。她是上帝根据第一个模型而改良的制造品。男人只是上帝初次的尝试，女人才是上帝最后的成功。这可以解释为什么爱漂亮的男人都向女人学样，女人要更先进，就发展成为妖怪。

从此，上帝有了事做。为这对男女，上帝费尽心思，造各种家畜、家禽、果子、蔬菜，给他们享受、利用。每造一件东西，他总沾沾自喜地问男人和女人道："我又为你们发明了新东西，你们瞧我的本领大不大？"于是那一对齐声歌颂："慈悲救世的上帝！"

日子长了，这一对看惯了他的奇迹，感谢得也有些厌了，反嫌他碍着两口子间的体己。同时上帝也诧异，何以他们俩的态度渐渐冷淡，不但颂赞的声音减少了高朗，而且俯伏时的膝盖和背脊也似乎不如以前弯得爽利。于是，上帝有个不快意的发现。自从造人以来，他发明的东西是不少了，但是有发现还算第一次。

这发现就是：每涉到男女关系的时候，"三"是个少不了而又要不得的数目。假使你是新来凑上的第三者，你当然自以为少不了，那两人中的一人也会觉得你少不了，还有余下的一人一定认为你要不得，你更以为他或她要不得。假使你是原来的而退作第三者，你依然觉得自己少不了，那两人却都以为你要不得，你也许对两人中的一人还以为她或他少不了，对余下的一人当然以为她或他要不得。据数学家说，一只三角形里不能有两只钝角。不过，在男女三角形的关系里，总有一只钝角。上帝发现这钝角并不是那粗坏的男人，却正是自己，不知趣地监护着他俩。这真是气得死人——不，气得死上帝！他最初造女人，并非要为男人添个伴侣。他只因为冷清清地无聊，制造个玩意儿来解闷，第一个坯子做得不满意，所以又造一个。谁知道他俩要好起来，反把他撇在一边。他诧异何以这女人对巍巍在上的造物主老是敬而远之，倒和那泥土气的男人亲密。于是，上帝又有一个不快意的发现。这一次的发现不是数学上的，而是物理学上的。

这发现就是：宇宙间有地心吸力那一回事。由于地心吸力，一切东西都趋向下面，包括牛顿所看见的苹果。所以下等人这样多，上等人那么希罕，并且上等人也常有向下层压迫的趋势；

青年人那么容易堕落；世道人心那么每况愈下——这全是一个道理。上帝在造女人的时候，又调露水，又仿波纹，无意中证实了"女人水性"那句古话，更没想到另一句古话："水性就下。"假使树上掉下的苹果恰砸痛了牛顿的头，或碰破了他的鼻子，那末牛顿虽因此而发现吸力的定律，准会觉得这吸力的例子未免咄咄逼人。同样，上帝虽参透了人情物理，心上老是不自在，还觉得女人的情感不可理解。他甚至恨自己的伟大是个障碍，不容许他们来接近。造了这一对男女，反把自己的寂寞增加了；衬着他们的亲密，自己愈觉被排斥的孤独。更可气的是，他们有不能满足的需要时，又会来求情讨好。譬如水果烂了，要树上结新的，家畜吃腻了，要山里添些野味，他俩就会缠住上帝，又亲又热，哄到上帝答应。一到如愿以偿，他们又好一会要把上帝撇在脑后。上帝只变了他们的用人，这使他大大的生气。原来要他们爱自己，非先使他们爱新果子或野味不可，自己不就身份降低，只等于果子或野味么？他们这样存心，若还让他们有求必遂，那末自己真算得果子中的傻瓜，野味里的呆鸟了！因此上帝下个决心，不再允许他们的请求。但是，上帝是给他俩罩上"正直慈悲"的头衔的，不好意思借小事和他俩为难。只能静候机会，等他们提出无理要求时，给他们一个干脆的拒绝。妙在上帝是长生不死的，随你多么长的时期，都熬得住等待。

一天，女人独来向上帝请安。她坐在他脚边，仰面看着他脸，蓝液体的眼睛，像两汪地中海的水，娇声说："真宰啊！你心最好，能力最大，我真不知怎样来感谢你！"

上帝用全力抵抗住她眼睛的闪电战术，猜疑地问："你有什么要求？"

女人赔小心似的媚笑，这笑扩充到肩背腰腹，使她全身丰腴的曲线添了波折，说的话仿佛被笑从心底下泛上来的，每个字都载沉载浮在笑声里："你真是全知全晓的造物主哪！什么事都瞒不过你，我真怕你。其实我没有什么要求；你待我们太好了，一切都很完美。那——那也算不得什么要求。"

"'那'是什么呢？快说罢。"上帝不耐烦地说，心给希冀逗得直跳直进，想出气的机会来了。

女人把后备着的娇态全部动员，扭着身子说："伟大的天公啊！你真是无所不能。你毫不费力地一举手，已够使我们惊奇赞美。我并不要新鲜的东西，我只恳求你"——说时，她将脸贴住上帝漠无所感的腿，懒洋洋地向远远睡在山谷里的男人做个手势——"我只恳求你再造一个像他样子的人。不，不完全像他，比他坯子细腻些，相貌长得漂亮些。慈悲的主啊！你是最体贴下情的！"

上帝直跳起来，险把粘在脚边的女人踢开去，忙问："要我再造一个男人？为什么？"

女人一手摩心口，一手摩脸颊，说："吓死我了！神奇的上帝啊！你的力量真伟大！行动真迅速！你看，我的脸给你碰痛了——那没有关系。你不是问我缘故么？我的男人需要一个朋友，他老和我在一起，怪闷的。你再造一个男人，免得他整日守着我，你说，对不对？"

"也免得你整夜守着他,是不是?"上帝的怒声,唤起了晴空隐隐的雷霆,"女人啊!你真大胆,竟向我提这样的要求!你对一切东西都贪多、浪费,甚至对于男人,在指定配给以外,还要奢侈品。那还了得!快回去,我饶赦你初次,你再抱非分的欲望,我会责罚你,使你现有的男人都保不住,我把他毁灭。"

最后一句话很有效力。女人飞红了脸,嗫嚅着嘴,起身去了,一路上嘀咕:"我说着玩儿,你就拿腔作样。老实说,我早看破你没本领造一个比他好的男人!"这些话幸而上帝没听到。他出了心头恶气,乐的了不得;怕笑容给女人回头瞧见了,把脸躲在黑云堆里。他嘻开嘴,白牙齿的磁光在黑云里露出来,女人恰回脸一望,她没见过牙膏商标上画的黑人,误认以为电光。上帝努力压住的"哈哈"笑声,在腔子里一阵阵地掀动,女人远远听着,以为就是打雷。她想上帝在施展恐怖手段,又气又怕,三脚两步,跑到男人那里。上帝才恐吓过她,要剥夺她这个惟一的男人,所以她对他又恢复了占有的热情。她坐在他头边,吻醒了他,拥抱住他,说话里每一个字上都印着吻痕、染着嘴唇的潮润:"我只有你!我只爱你!没有你,我活不了。我不许你给人夺去……谁要把你拿走,我就拼了这条命!"男人酣睡初醒,莫名其妙,听到女人重申占领决心的宣言,局促不安,因为他刚做一个梦,心里有鬼。女人跑得累了,情感紧张得倦了,沉沉睡去。他偷偷起来,挑了两块吃剩的肥肉,去向上帝进贡。

"弘恩大量的主人翁啊!求你垂鉴我的虔诚,接受这微末的孝敬。我们一切原是你赐予的,这东西也就是你的,我们所能贡献在你脚下的,只是一片真心。"男人如是说。

上帝方才的高兴,此时更增加了。他想,人来献祭,这还是第一次,准是那女人差男人代她来表示悔罪的。让自己的喜悦在脸上流露,就未免给他们小看了。于是他默然不答,只向男人做出一种表情——法国和西班牙小说家用下面的记号来传达的表情:

"?"

男人见上帝脸色不难看,便鼓勇说:"我向主人要求一桩小事——"

上帝恍然大悟那两块肥肉相当于女人的巧笑媚眼,也是有请求时的贿赂;要是当初这男人也造得娇美多姿,他就连这两块肉都省了。

"——我求你为我另造一个女人——"

"女人刚才向我做同样的要求。"上帝截断他的话。

上帝此时又失望,又生气。但是那头脑热昏的男人听了上帝的话,又惊又喜。他想:"女人真是鬼灵精儿!我做的梦,她怎会知道?怪不得她那一会抱了我说那些话,原来她甘心牺牲自己的利益,已经代向上帝要求,但又有些舍不得我给新造的女人抢去。唉!她这样心胸宽大,这样体贴入微,我怎忍得下心抛弃了她呢?"一面想,一面向上帝撒谎说:"是呀,她也觉得生活单调,希望有个同性的人来伴她解闷。"

"你错了!她不是要求我造个同性的人,她是向我提出同性质的要求。她求我另造个男人,要比你这蠢物长得好,你知道么?"

男人的失望不亚于上帝,赶快问:"主呀!你允许她没有?"

上帝感到发脾气的痛快,厉声说:"我后悔没允许了她。你们俩真没配错,好一对!快去!你再不小心,瞧我把女人都毁灭了"——似乎这恐吓的力量还不够大,上帝又加上说:"并且不再给你肉吃!"男人在这两重威胁之下,发抖讨饶,碰了一鼻子灰回去。上帝叹口气,感慨何以造的人这样不成器呢?这两个人坏得这样平衡,这样对称,简直像两句骈文或一联律诗,上帝想到他们俩竟会配搭得那样停匀合适,又佩服自己艺术的精妙了。

男人和女人向上帝都泄漏了个人的秘密,同样一无所得。男人怕上帝把他的请求告诉女人,女人不知道上帝已经把她的请求告诉了男人,所以双方不约而同地对上帝又怨恨,又防他嚷出彼此的私房话来。男人说:"我们日用的东西也将就得过了,可以不必去找上帝。"女人说:"他本领也使完了,再求他,他也变不出什么新花样来,倒去看他的脸,真讨厌。"男女同声说:"我们都远着他,别理他,只当没有他。"于是神和人愈来愈疏远;上帝要他们和自己亲近的目的依然不能达到,上帝因此想出一个旁敲侧击的妙法。他们生活太容易了,要让他们遭遇些困难和痛苦,那时候他们"穷则呼天",会知道自己是不好得罪的。

那一晚上,男人和女人在睡梦中惊醒,听见远处一种洪大的吼声。向来只有人吃荤腥,此外畜生像牛、羊、猪等都长斋持素,受了上帝感化,抱着"宁人吃我,我只吃草"的伟大精神。现在人以外,添了吃荤的动物,不但要夺人的肉食,并且人肉也合它们的口味,全不知道人肉好比猫肉、狗肉以及其他吃大荤的畜生的肉,是不中吃的——唐僧的肉所以惹得山精水怪馋涎欲滴,无非因为他是十世不破荤的和尚。男女俩所听见的声音,正是饿狮子觅食不耐烦的叫。他们本能地战栗,觉得这吼声里含有敌性。四周蜷伏着的家畜,霍然耸立,竖起耳朵,屏住气息,好像在注意什么。这愈增加两人的不安。狮子叫几声后住了,它吼声所裂开的夜又合拢来。好一会,家畜等仿佛明白危险暂时已过,都透口气,态度松懈下去。男人伸手抚摸身畔偃卧的羊,发现羊毛又湿又热,像刚出过汗的。女人打个寒噤,低声说:"准是上帝和我们捣乱,我想还是找个山洞去睡。我害怕在露天过夜。"两人起来,把牲口赶进山谷,然后躲入就近的洞里躺下。身和心渐渐溶解,散开去,沉下去,正要消失在睡眠里,忽然警惕,两人顿时清醒过来。一阵阵恐怖的寒冷从心上散布到四肢,冻结住他俩的身体和喉舌。这恐怖的原因像在黑暗里窥伺着、估量着他们。两人不敢动,不敢透气,一阵阵冷汗直淋。时间也像给恐怖凝固住了,停止不流。忽然,恐怖不知到哪里去了,空气也仿佛释却负担,天明的曙光已向洞口试探。同时,山洞左右,一头猪狂叫,只叫了半声,以下响息全无,声音收束得给快刀划断似的干脆。猪的叫声彻底解除了洞里的紧张,男人伸胳臂给女人枕着,让她睡在自己怀里;他们俩相处以来,从未没有情欲地这样需要彼此。到天大亮,两人分头出去。男人点家畜,少了一头猪,其余的牛羊等也像经过大打击的,无精打采。正在猜测着缘故,去打水的女人气急败坏地跑回哭诉。她过树林时,看见一条大蟒蛇蟠着——吞了猪后，正作助消化的饭后睡觉。水边沙滩上，横着一条鳄鱼，昂头向天张着大口；她幸而跑回得快，没给它瞧见。看来四处都有危险潜伏，两人不能再无忧无虑地生活了。"一夜之间怎会添出这许多怕人东西呢？"两人讨论道，"无疑是我们尊他为上帝的家伙造了来害我们的。他不是上帝，他只是魔鬼、万恶的魔鬼。我们没有眼睛，给他哄到如今。好了！好了！也有看破他真相这一天！"这几句话无形中解决了自古以来最难解答的问题："这世界既是全能至善的上帝造的，何以又有恶魔那般猖獗？"原来上帝只是发善心时的魔鬼，肯把旁的东西给我们吃，而魔鬼也就是使坏心时的上帝，要把我们去喂旁的东西。他们不是两个对峙的东西，是一个东西的两个方面、两种名称，好比疯子一名天才，强盗就是好汉，情人又叫冤家。

男女间的窃窃私议，上帝竟没听见。他还以为自己独一无二，不知道上帝惟一的"一"，早给男女俩看成中国古代医生开方子在药味下注的"一"——"二分半"。他虽然全知全能，毕竟是个上等人物，不屑管被窝里的事、听门背后的话，他此时搓着双手，只等有好戏看。果然，两人垂头丧气，想不出个办法，但也不来求教上帝。一会儿，蟒蛇肚子消化了猪，狮子和老虎开始在邻近叫吼，男人拉女人慌忙跑到洞里，把石头垛在进口。只苦了剩下的家畜四面乱窜，向山罅里躲。上帝想："妙啊！看野兽把你们家畜吃完了，你们自然会来哀求我。那时候，哼！……"谁知道，天下事固不能尽如人意，人间事也未必尽如天意。这种消耗策略，并没有使人屈服。因为野兽总是野兽，欠缺文明的修养。譬如那蟒蛇没受过教育,不知道颠扑不破的那句古话,"羊肉没吃着,惹得一身膻",所以它吃过猪后,想换换口味,囫囵吞了一头大羊。羊有两只尖角,刺破它的咽喉,羊肉算是到口,却赔了性命。狮子和老虎也是小家子相得很,不知道吃饭的礼貌,吃牛肉吃得抢起来,打作一团,结果老虎死了,狮子负伤到溪边去喝水。这溪里的鳄鱼是个文盲,没念过韩昌黎有名的《祭鳄文》,所以不去吃鱼虾,反要尝狮子肉。那狮子不吃人家的肉也罢了,哪肯割舍自己的肉,又跟鳄鱼性命相搏,打得胜负难分,你死我也不活。男人和女人给洞外惨厉的叫声,吓得半死。他们听得外面静了,从洞口石缝里张望出去,早有家畜三三两两在吃草。两人放心出洞,知道毒虫恶兽都死完了,家畜并没损失多少。他们兴高采烈,把打死的老虎等开剥,从此他们洞里有皮毯子,女人有了皮大氅,男人有几天新鲜野味吃。女人还没给美国名厂纺织的鲨鱼皮(shark skin)耀花眼睛,所以剥下的鳄鱼皮已经够使她喜欢了。只恨那大蛇不是从中国古书里爬出来的,骨节里没有明珠。幸而那猛兽也不是从中国古书出来的,否则女人吃了狮子心和大虫胆,在妖媚之外又添上凶悍,男人的日子就不好过了!

不过,他们也没多少日子好过了。上帝看见他们因祸转福,又气又恨。他了解要使他们受罪,必须造些无皮可剥、无肉可吃的东西。于是皮毯子、皮大氅以及家畜身上的毛里忽然有了虱。晚上满空都是毒蚊子。两人吃东西时,苍蝇像大点下投的黑雨。还有无孔不入,没法防御的微生虫。不出上帝所料,两人一同病倒,不多时,都吐口气死了,实现了一切情人"同年同月同日死"

的盟誓。苍蝇依然忙忙碌碌地工作,更一会儿,两人尸骸上有了又肥又白的蛆。吃牛、羊、猪甚至老虎和狮子肉的人,给那些小东西吃得剩个骨骼架子。上帝造了虫豸,注视着它们工作的精密和效率的迅速,十分快意,看出了神,忘掉原不要这一对男女死掉,只要他们吃了苦头向自己屈服,还要留着他们的。到蛆虫吃完皮肉,要钻吸骨髓时,他才省悟,已来不及了。不知是微生虫做事太神速呢,还是男女俩见事太晚,上帝没有得到他们服输悔罪的表示。他造了东西来实现自己的计划,像人,像猛兽,像微生虫,结果何以老是事与愿违呢?上帝恨着——

睁开眼来,只看见下午的太阳无力地懒在山头。适才的事原来是梦。自己主宰一切,要做就做,而梦境偏有治外法权,不受他管制,这也够可气了!但是,这梦安知不是预兆?造一个人和自己做伴的事,大可斟酌。自己是永生的,无穷无尽的年月,孤独一个怎样度呢?上帝伸着懒腰,对这死气沉沉的落日,生意奄奄的世界,长长地打个厌倦的呵欠,张大了嘴,好像要一口吞却那无穷尽、难消遣的光阴。

猫

　　"打狗要看主人面,那么,打猫要看主妇面了——"颐谷这样譬释着,想把心上一团蓬勃的愤怒像梳理乱发似的平顺下去。诚然,主妇的面,到现在还没瞧见,反正那混账猫儿也不知躲到哪里去了,也无从打它。只算自己晦气,整整两个半天的工夫全白费了。李先生在睡午觉,照例近三点钟才会进书房。颐谷满肚子憋着的怒气,到那时都冷了,觉得非趁热发泄一下不可。凑巧老白送茶进来,颐谷指着桌上抓得千疮百孔的稿子,字句流离散失得像大轰炸后的市民,说:"你瞧,我回去吃顿饭,出了这个乱子!我临去把誊清的稿子给李先生过目,谁知他看完了就搁在我桌子上,没放在抽屉里,现在又得重抄了。"

　　老白听话时的点头一变而为摇头,叹口微气说:"那可糟啦!这准是'淘气'干的。'淘气'可真淘气!太太惯了它,谁也不敢碰它根毛。齐先生,您回头告诉老爷,别让'淘气'到书房里来。"他躬着背蠕缓地出去了。

　　"淘气"就是那只闹事的黑猫。它在东皇城根穷人家里,原叫做"小黑"。李太太嫌"小黑"的称谓太俗,又笑说:"那跟门房'老白'不成了一对儿么?老白听了要生气的。"猫送到南长街李家的那天,李太太正请朋友们茶会,来客都想给它起个好听的名字。一个爱慕李太太的诗人说:"在西洋文艺复兴的时候,标准美人要生得黑,我们读沙士比亚和法国七星派诗人的十四行诗,就知道使他们颠倒的都是些黑美人,我个人也觉得黑比白来得神秘,富于含蓄和诱惑。一向中国人喜欢女人皮肤白,那是幼稚的审美观念,好比小孩只爱吃奶,没资格喝咖啡。这只猫又黑又美,不妨借沙士比亚诗里的现成名字,叫它'Dark Lady',再雅致没有了。"有两个客人听了彼此做个鬼脸,因为这诗人说话明明双关着女主人。李太太自然极高兴,只嫌"Dark Lady"名字太长。她受过美国式的教育,养成一种逢人叫小名以表亲昵的习气,就是见了沙士比亚的面,她也会叫他 Bill,何况猫呢?所以她采用诗人的提议,同时来个简称,叫"Darkie",大家一致叫"妙!",这猫听许多人学自己的叫声,莫名其妙,也和着叫:"妙!妙!(miaow!miaow!)"没人想到这简称的意义并非"黑美人",而正是李太太嫌俗的"小黑"。一个大名鼎鼎的老头子,当场一言不发,回家翻了半夜的书,明天清早赶来看李太太,讲诗人的坏话道:"他懂什么!我当时不好意思跟他抬杠,所以忍住没有讲。中国人一向也喜欢黑里俏的美人,就像妲己,古文作'黣己',就是说她又黑又美。黣己刚是'Darkie'的音译,并且也译了意思。哈哈!太巧了,太巧了!"这猫仗着女主人的宠爱,专闹乱子,不上一星期,它的外国名字叫滑了口,变为跟 Darkie 双声叠韵的混名:"淘气"。所以,好像时髦教会学校的学生,这畜生中西名字,一应俱全,而且未死已蒙谥法——混名。它到了李家不足两年,在这两年里,日本霸占了东三省，北平的行政机构改组了一次，非洲亡了一个国，兴了一个帝国，国际联盟暴露了真相，只算一场国际联梦或者一群国际联盲。但是李太太并没有换丈夫，淘气还保持着主人的宠爱和自己的顽皮。在这变故反复的世界里，多少人对主义和信仰能有同样的恒心呢？

这是齐颐谷做李建侯试用私人书记的第三天，可是还没瞻仰过那位有名的李太太。要讲这位李太太，我们非得用国语文法家所谓"最上级形容词"不可。在一切有名的太太里，她长相最好看，她为人最风流豪爽，她客厅的陈设最讲究，她请客的次数最多，请客的菜和茶点最精致丰富，她的交游最广。并且，她的丈夫最驯良，最不碍事。假使我们在这些才具之外，更申明她住在战前的北平，你马上获得结论：她是全世界文明顶古的国家里第一位高雅华贵的太太。因为北平——明清两代的名士像汤若士、谢在杭们所咒诅为最俗、最脏的北京——在战事前几年忽然被公认为全国最文雅、最美丽的城市。甚至无风三尺的北平尘土，也一变而为古色古香，似乎包含着元明清三朝帝国的劫灰，欧美新兴小邦的历史博物院都派学者来装满了瓶子回去陈列。首都南迁以后，北平失掉它一向政治上的作用；同时，像一切无用过时的东西，它变为有历史价值的陈设品。宛如一个七零八落的旧货摊改称为五光十色的古玩铺，虽然实际上毫无差异，在主顾的心理上却起了极大的变化。逛旧货摊去买便宜东西，多少寒碜！但是要上古玩铺你非有钱不可，还得有好古癖，还得有鉴别力。这样，本来不屑捡旧货的人现在都来买古玩了，本来不得已而光顾旧货摊的人现在也添了身份，算是收藏古董的雅士了。那时候你只要在北平住家，就充得通品，就可以向南京或上海的朋友夸傲，仿佛是个头衔和资格。说上海或南京会产生艺术和文化，正像说头脑以外的手足或腰腹也会思想一样的可笑。周口店"北京人"遗骸的发现，更证明了北平居住者的优秀。"北京人"是猴子里最进步的，有如北京人是中国人里最文明的。因此当时报纸上闹什么"京派"，知识分子上溯到"北京人"为开派祖师，所以北京虽然改名北平，他们不自称"平派"。京派差不多全是南方人。那些南方人对于他们侨居的北平的得意，仿佛犹太人爱他们入籍归化的国家，不住地挂在口头上。迁居到北平以来，李太太脚上没发过湿气，这是住在文化中心的意外利益。

　　李氏夫妇的父亲都是前清遗老,李太太的父亲有名,李先生的父亲有钱。李太太的父亲在辛亥革命前个把月放了什么省的藩台，满心想弄几个钱来弥补历年的亏空。武昌起义好像专跟他捣乱似的,他把民国恨得咬牙切齿。幸而他有个门生，失节做了民国的大官，每月送笔孝敬给他。他住在上海租界里，抱过去的思想，享受现代的生活，预用着未来的钱——赊了账等月费汇来了再还。他渐渐悟出寓公自有生财之道。今天暴发户替儿子办喜事要证婚，明天洋行买办死了母亲要点主，都用得着前清的遗老，谢仪往往可抵月费的数目。妙在买办的母亲死不尽，暴发户的儿子全养得大。他文理平常，写字也不出色，但是他发现只要盖几个自己的官衔图章，"某年进士"，"某省布政使"，他的字和文章就有人出大价钱来求。他才知道清朝亡得有代价，遗老值得一做，心平气和，也肯送女儿进洋学堂念书了。李先生的父亲和他是同乡，极早就讲洋务，做候补道时上过"富国裕民"的条陈，奉宪委到上海向洋人定购机器；清朝亡得太早，没领略到条陈的好处，他只富裕了自己。他也曾做出洋游历的随员，回国以后，把考察所得，归纳为四句传家格言："吃中国菜，住西洋房子，娶日本老婆，人生无遗憾矣！"他亲家的贯通过去、现在、未来，正配得上他的融会中国、东洋、西洋。谁知道建侯那糊涂虫，把老子的家训记颠倒了。第一，他娶了西洋化的老婆，比西洋老婆更难应付。爱默在美国人办的时髦女学毕业，本来是毛得撩人、刺人的毛丫头，经过"二毛子"的训练，她不但不服从丈夫，并且丈夫一个人来侍候她还嫌不够。第二，他夫妇俩都自信是文明人，不得不到北平来住中国式的旧房子，设备当然没有上海来得洋化。第三，他吃日本菜得了胃病。这事说来话长。李太太从小对自己的面貌有两点不满意：皮肤不是上白，眼皮不双。第一点还无关紧要，因为她不希罕那种又红又白的洋娃娃脸，她觉得原有的相貌已经够可爱了。单眼皮呢，确是极大的缺陷，内心的丰富没有充分流露的工具，宛如大陆国没有海港，物产不易出口。进了学校，她才知道单眼皮是日本女人的国徽，因此那个足智多谋、偷天换日的民族建立美容医院，除掉身子的长短没法充分改造，"倭奴"的国号只好忍受，此外面部器官无不可以修补，丑的变美，怪物改成妖精。李先生向她求婚，她提出许多条件，第十八条就是蜜月旅行到日本。一到日本，她进医院去修改眼皮，附带把左颊的酒靥加深。她知道施了手术，要两星期见不得人，怕李先生耐不住蜜月期间的孤寂，在这浪漫的国家里，不为自己守节。所以她进医院前对李先生说："你知道，我这次跨海征东，千里迢迢来受痛苦，无非为你，要讨你喜欢。我的脸也就是你的面子。我蒙着眼，又痛又黑暗，你好意思一个人在外面吃喝玩乐么？你爱我，你得听我的话。你不许跟人到处乱跑。还有，你最贪嘴，可是我进医院后，你别上中国馆子，大菜也别吃，只许顿顿吃日本料理。你答应我不？算你爱我，陪我受苦，我痛的时候心上也有些安慰。吃得坏些，你可以清心寡欲，不至于胡闹，糟蹋了身体。你个儿不高，吃得太胖了不好看。你背了我骗我，我会知道，从此不跟你好。"两星期后，建侯到医院算账并迎接夫人，身体却未消瘦，只是脸黄皮宽，无精打采，而李太太花五百元日金新买来的眼睛，好像美术照相的电光，把她原有的美貌都焕映烘托出来。她眼睫跟眼睛合作的各种姿态，开、闭、明、暗、尖利、朦胧，使建侯看得出神，疑心她两眼里躲着两位专家在科学管理，要不然转移不会那样斩截，表情不会那样准确，效果不会那样的估计精密。建侯本来是他父亲的儿子，从今以后全副精神做他太太的丈夫。朋友们私议过，李太太那样漂亮，怎会嫁给建侯。有建侯的钱和家世而比建侯能干的人，并非绝对没有。事实上，天并没配错他们俩。做李太太这一类女人的丈夫，是第三百六十一行终身事业、专门职务，比做大夫还要忙，比做挑夫还要累，不容许有旁的兴趣和人生目标。旁人虽然背后嘲笑建侯，说他"夫以妻贵"，沾了太太的光，算个小名人。李太太从没这样想过。建侯对太太的虚荣心不是普通男人占有美貌妻子、做主人翁的得意，而是一种被占有、做下人的得意，好比阔人家的婢仆、大人物的亲随、或者殖民地行政机关里的土著雇员对外界的卖弄。这种被占有的虚荣心是做丈夫的人最稀有的美德，能使他气量大，心眼儿宽。李太太深知缺少这个丈夫不得；仿佛亚刺伯数码的零号，本身毫无价值，但是没有它，十百千万都不能成立。任何数目后加个零号便进了一位，所以这零号也跟着那数目而意义重大了。

结婚十年来，李先生心广体胖，太太称他好丈夫，太太的朋友说他够朋友。上个月里，他无意中受了刺激。在一个大宴会上，一位冒失的年轻剧作家和他夫妇俩同席。这位尚未出头的剧作家知道同席有李太太，透明地露出满腔荣幸。他又要恭维李太太，又要卖弄才情，一张嘴简直分不出空来吃菜。上第三道菜时，他蒙李太太惠许上门拜访，愿偿心定，才把一部分注意力移到吃饭上去。心难二用，他已经够忙了；实在顾不到建侯，没和他敷衍。建侯心上十分不快，回家后嘀咕说这年轻人不通世故。那小子真说到就做，第二天带了一包稿子赶上门来，指名要见李太太。建侯忽然发了傻孩子劲，躲在客堂外面偷听。只听他寒暄以后，看见沙发上睡的淘气，便失声惊叹，赞美这猫儿"真可爱！真幸福！"把稿子"请教"以后，他打听常来的几个客人，说有机会都想一见。李太太泛泛说过些时请他喝茶，大家认识认识。他还不走，又转到淘气身上，说他自己也最爱猫，猫是理智、情感、勇敢三德全备的动物：它扑灭老鼠，像除暴安良的侠客；它静坐念佛，像沉思悟道的哲学家；它叫春求偶，又像抒情歌唱的诗人。他还说什么暹罗猫和波斯猫最好，可是淘气超过它们。总而言之，他恭维李太太，赞美淘气，就没有一句话问到李先生。这事唤起建侯的反省，闷闷不乐了两天，对于个人生活下了改造的决心。从今以后，他不愿借太太的光，要自己有个领域，或做官，或著作。经过几番盘算，他想先动手著作，一来表示自己并非假充斯文，再则著作也可导致做官。他定了这个计划，最初不敢告诉太太，怕她泼冷水。一天他忍不住说了，李太太出乎意料地赞成，说："你要有表现，这也是时候了。我一向太自私，没顾到耽误了你的事业！你以后专心著作，不用陪着我外面跑。"

著作些什么呢？建侯头脑并不太好，当学生时，老向同学借抄讲堂笔记，在外国的毕业论文还是花钱雇犹太人包工的。结婚以后，接触的人多了，他听熟了许多时髦的名词和公式，能在谈话中适当应用，作为个人的意见。其实一般名著的内容，也不过如此。建侯错过了少年时期，没有冒冒失失写书写文章，现在把著作看得太严重了，有中年妇女要养头胎那样的担心。他仔细考虑最适宜的体裁。头脑不好，没有思想，没有理想；可是大著作有时全不需要好头脑，只需要好屁股。听郑须溪说，德国人就把"坐臀"（Sitzfleisch）作为知识分子的必具条件。譬如，只要有坐性，《水浒传》或《红楼梦》的人名引得总可以不费心编成的。这是西洋科学方法，更是二十世纪学问工具，只可惜编引得是大学生或小编辑员的事，不值得亲自动手。此外只有写食谱了。在这一点上自己无疑是个权威，太太请客非自己提调不可，朋友们的推服更不必说。因为有胃病，又戒绝了烟酒，舌头的感觉愈加敏锐，对于口味的审美愈加严明。并且一顿好饭，至少要吃它三次：事前预想着它的滋味，先在理想中吃了一次；吃时守着医生的警告不敢放量，所以恋恋不舍；到事后回忆余味，又在追想里吃了一次。经过这样一再而三的咀嚼，菜的隐恶和私德，揭发无遗。是的，自己若肯写食谱，准会把萨梵冷（Brillat – Savarin）压倒。提起萨梵冷，心上又有不快的联想。萨梵冷的名字还是前年听陈侠君讲的。那时候，这个讨厌家伙已算家里的惯客了。他知道自己讲究吃，一天带了初版萨梵冷的名著 *Physiologie du goût*（《口味生理学》）来相送。自己早把法语忘光了，冒失地嚷："你错了！我害胃病，不害风痛病，这本讲 *goût* 的生理学对我毫无用处。"那家伙的笑声到现在还忘不了。他还恶意地对爱默说："你们先生不翻译，太可惜了！改天你向傅聚卿讲，聘建侯当《世界名著集成》的特约翻译，有了稿费请客。"可恨爱默也和着他笑。写食谱的兴致，给这事扫尽了。并且，现代人讲吃经绝算不得正经事业，侠君曾开玩笑说："外国制茶叶和咖啡的洋行里，都重价雇用'辨味员'，沏了各种茶，煮了各种咖啡，请他尝过，然后分等级、定价钱。这种人一天总得喝百把杯茶或咖啡，幸而只在舌头上打个转就吐出来，不咽下去，否则非泻肚子、失眠不可。你有现成的胃病，反正是嘴馋不落肚的，可惜大饭店里没有'辨味员'的职务，不聘你去做厨房审定委员，埋没了你那条舌头！"写食谱这事给他知道，就有得打趣了。想来想去，还是写欧美游记，既有益，更有趣，是兼软硬性的作品。写游记不妨请人帮忙，而不必声明合作；只要本人确曾游过欧美，借旁人的手来代写印象，那算不得什么一回事。好比演讲集的著作权，速写的记录员是丝毫无分的。这跟自己怕动笔的脾气最相宜没有。先用个私人书记再说，顶好是未毕业而想赚钱的大学生。

那时候，齐颐谷学校里的爱国分子闹得凶，给军警逮捕了一大批去，加上罪名坐监牢。颐谷本来胆小，他寡母又怕儿子给同学们牵累，暂时停学在家，经过辗转介绍，四天前第一次上建侯的门。这个十九岁的大孩子，蓝布大褂，圆桶西装裤子，方头黑皮鞋，习惯把左手插在裤子口袋里，压得不甚平伏的头发，颇讨人喜欢的脸一进门就红着，一双眼睛冒牌地黑而亮，因为他的内心和智力绝配不上他瞳子的深沉、灵活。建侯极中意这个少年，略问几句，吩咐他明天来开始干活，先试用一个月。颐谷走后，建侯一团高兴，进去向爱默讲挑了一个中意的书记。爱默笑他像小孩子新得了玩具，还说："我有淘气，谁希罕你的书记！"脸在淘气身上擦着问："咱们不希罕他的书记，是不是？——啊呀！不好了，真讨厌！"李太太的脸上的粉给淘气舔了一口去，她摔下猫，站起来去照镜子。

颐谷到李家这两天半里，和建侯还相得。怕羞的他，见了建侯，倒不很畏缩。建侯自会说话以来，一生从没碰见任何人肯让他不断地发言，肯像颐谷那样严肃地、耐心地、兴奋地听他讲。他一向也没知道自己竟有这样滔滔汩汩的口才。这两天，他的自尊心像插进伤寒病人嘴里的温度表，直升上去。他才领会到私人秘书的作用，有秘书的人会觉得自己放大了几倍，抬高了几层。他跟颐谷先讨论这游记的名称和写法，顺便讲了许多洋景致。所以第一天到吃午饭的时候，颐谷已经知道建侯在美国做学生时交游怎样广，每年要花多少钱，大学功课怎样难，毕业怎样不容易；机器文明多么可惊，怎样纽约一市的汽车衔接起来可以绕地球一周；他如何对美国人宣扬中国，他穿了什么颜色和花纹的中国长袍马褂去参加化装跳舞会；他在外国生病，房东太太怎样天天煨鸡给自己吃，一个美国女子怎样天天送鲜花，花里还附问病的纸条儿，上面打着"×"号——"你懂么？"建侯嘻开嘴，满脸顽皮地问颐谷，"你去请教你的女朋友，她会知道这是 Kiss 的记号。在西洋社交公开，这事平常得很！"游记的题目也算拟定了两个，《西游记》或《欧美漫步》，前者来得浑成，后者来得时髦。当天颐谷吃了午饭回来办公，又知道要写这部游记，在笔述建侯的印象以外，还得参考美国《国家地理学会杂志》、《旅行杂志》，"必得过"（Baedeker）和"没来"（Murray）两公司出版的大城市指南，寻材料来补充。明天上午，建侯才决定这游记该倒写，不写出国，而写回国，怎样从美国到欧洲漫游，在意大利乘船回中国。他的理由是，一般人的游记，都从出国写起，上了轮船，一路东张西望，少见多怪，十足不见世面的小家子气。自己在美洲住了三年，对于西洋文明要算是老内行了，换个国家去玩玩，虽然见到些新鲜事物和排场，不至于像乡下人初到大都市，咋舌惊叹，'有失身份。他说："回国时的游历，至少像林黛玉初入荣国府，而出国时的游历呢，怕免不了像刘姥姥一进大观园。"颐谷曾给朋友们拉去听京戏大名旦拿手的《黛玉葬花》，所以也见过身体丰满结实的林黛玉（仿佛《续红楼梦》里警幻仙子给黛玉吃的强身健美灵丹，黛玉提早服了来葬花似的），但是看建侯口讲指划，自比林黛玉，忍不住笑了。建侯愈加得意。颐谷忙说："李先生，这样，游记的题目又得改了。"建侯想了想，说："巧得很！前天报上看见有人在翻译英国哈代的小说《还乡记》，这名称倒也现成；我这部书就叫《海客还乡记》，你瞧好不好！"一顿饭后，建侯忽然要把自序先写；按例，印在书前的自序是全书完稿最后才写的。颐谷暗想，这又是倒写法。建侯口述意见，颐谷记下来，整理，发挥，修改，直到淘气出乱子那天的饭时，才誊清了给建侯过目。经过这两天半的工作，颐谷对建侯的敬畏心理消失干净。青年人的偏激使他对他的主人不留情地鄙视；他看到了建侯的无聊、虚荣、理智上的贫乏，忽视了建侯为人和待人的好处。他该感激建侯肯出相当高的价钱雇自己来干这种不急之务；他只恨建侯倚仗有钱，牺牲青年人的时间和精力来替他写无意义的东西。当时他对着猫抓破的稿子，只好捺住火气再抄写一次。也许淘气这畜生倒是位有识有胆的批评家，它的摧残文物的行为，安知不是对这篇稿子最痛快有效的批评呢？想到这里，颐谷苦笑了。

建侯知道了这事，同情以外，还向颐谷道歉自己的疏忽。颐谷再没理由气愤了。过一天早晨，建侯一见颐谷，就说："今天下午四点半钟，内人请你喝茶。"颐谷客气地傻笑，真觉得受宠若惊。建侯接着说："她本想认识你，昨天晚上我对她讲了淘气跟你捣乱，她十分抱歉，把淘气骂了一顿。今天刚有茶会，顺便请你进去谈谈。"这使颐谷自惭形秽起来，想自己不懂礼节，没有讲究衣服,晋见时髦太太,准闹笑话,他推辞说:"都是生人,我去不好意思。"建侯和蔼地说:"没有什么不好意思。今天来的都是你听见过的人,只有在我家里,你才会看到他们聚在一起。你不要错过机会。我有事要出去,请你把第一章关于纽约的资料搜集起来。到四点半,我来领你进去。假如我不来,你叫老白做向导。"颐谷整半天什么事也没心思做,幸而建侯不在,可以无忌惮地怠工。很希望接触那许多名字有电磁力的人,而又害怕他们笑自己、瞧不起自己。最好是由建侯带领进去,羞怯还好像有个缓冲;如果请老白领路,一无保障地进客厅,那就窘了。万一建侯不来,非叫到老白不可,问题就多了!假如准时进去,旁的客人都没到,女主人定要冷笑。吃东西时的早到和迟退,需要打仗时抢先和断后那样的勇气,自己不敢冒这个险。假如客人都来了,自己后去,众目所注,更受不了。想来想去,只有一个办法,四点半左右,机伶着耳朵听门铃响。老白引客人到客厅,得经过书房。第一个客人来,自己就紧跟着进去;女主人和客人都忙着彼此应酬,自己不致在他们注意焦点下局促不安。

到时候是建侯来陪他进去的。一进客厅,颐谷脸就涨红,眼睛前起了层水气,模糊地知道有个时髦女人含笑和自己招呼。坐下去后,颐谷注视地毯,没力量抬眼看李太太一下,只紧张地觉着她在对面,忽然发现自己的脚伸得太出,忙缩回来,脸上的红又深了一个影子。他也没听清李太太在讲淘气什么话。李太太看颐谷这样怕羞,有些带怜悯的喜欢,想这孩子一定平日没跟女人打过交道,就问:"齐先生,你学校里是不是男女同学的?"李太太明知在这个年头儿，不收女人的学校正像收留女人的和尚寺一样的没有品。

"不是的——"

"呀？"李太太倒诧异了。

"是的，是的！"颐谷绝望地矫正自己。李太太跟建侯做个眼色，没说什么，只向颐谷一笑，这笑是爱默专为颐谷而发的。像天桥打拳人卖的狗皮膏药和欧美朦胧派作的诗，这笑里的蕴蓄，丰富得真是说起来叫人不信。它含有安慰、保护、喜欢、鼓励等等成分。颐谷还不敢正眼看爱默，爱默的笑，恰如胜利祈祷、慈善捐款等好心好意的施与，对方并未受到好处。老白又引客人进来，爱默起身招待，心还逗留在这长得聪明的孩子身上，想他该是受情感教育的年纪了。建侯拍颐谷的肩说："别拘谨！"李氏夫妇了解颐谷怕生，来了客人，只浮泛地指着介绍，远远打个招呼，让他坐在不惹人注目的靠壁沙发里。颐谷渐渐松弛下来，瞻仰着这些久闻大名的来客。

高个子大声说话的是马用中，有名的政论家，每天在《正论报》上发表社评。国际或国内起什么政治变动，他事后总能证明这恰在他意料之中，或者他曾暗示地预言过。名气大了，他的口气也大了。尤其在私人谈话时，你觉得他不是政论家，简直是政治家，不但能谈国内外的政情，并且讲来活像他就是举足轻重的个中人，仿佛天文台上的气象预测者说，刮风或下雨自己都做得主一样。他曾在文章里公开告诉读者一桩生活习惯：每天晚上他上床睡觉以前，总把日历当天的一张撕掉，不像一般人，一夜醒来看见的还是没有撕去的"昨日之日"。从这个小节，你能推想他自以为是什么样的人。这几天来中日关系紧张，他不愁社论没有题目。

斜靠在沙发上，翘着脚抽烟斗的是袁友春。他自小给外国传教士带了出洋。跟着这些迂腐的洋人，传染上洋气里最土气的教会和青年会气。承他情瞧得起祖国文化，回国以后，就向那方面花工夫。他认为中国旧文明的代表，就是小玩意、小聪明、帮闲凑趣的清客，所以他的宗旨仿佛义和拳的"扶清灭洋"，高搁起洋教的大道理，而提倡陈眉公、王百谷等的清客作风。读他的东西，总有一种吃代用品的感觉，好比涂面包的植物油、冲汤的味精。更像在外国所开中国饭馆里的"杂碎"，只有没吃过地道中国菜的人，会上当认为是中华风味。他哄了本国的外行人，也哄了外国人——那不过是外行人穿上西装。他最近发表了许多讲中国民族心理的文章，把人类公共的本能都认为是中国人的特质。他的烟斗是有名的，文章里时常提起它，说自己的灵感全靠抽烟，好比李太白的诗篇都从酒里来。有人说他抽的怕不是板烟，而是鸦片，所以看到他的文章，就像鸦片瘾来，直打呵欠，又像服了麻醉剂似的，只想瞌睡。又说，他的作品不该在书店里卖，应当在药房里作为安眠药品发售，比"罗明那儿"（Luminal），"渥太儿"（Ortal）都起作用而没有副作用。这些话都是忌妒他的人说的，当然做不得准。

这许多背后讲他刻薄话的人里，有和他互相吹捧的朋友陆伯麟，就是那个留一小撮日本胡子的老头儿。他虽没讲起抽板烟，但他的脸色只有假定他抽烟来解释。他两眼下的黑圈不但颜色像烟熏出来的，并且线形也像缭绕弯曲、引人思绪的烟篆。至于他鼻尖上黯淡的红色，只譬如虾蟹烘到热气的结果。除掉向日葵以外，天下怕没有像陆伯麟那样亲日的人或东西。一向中国人对日本文明的态度是不得已而求其次，因为西洋太远，只能把日本偷工减料的文明来将就。陆伯麟深知这种态度妨碍着自己的前程，悟出一条妙法。中国人买了日本货来代替西洋货，心上还鄙夷不屑，而西洋人常买了日本古玩当中国珍品，在伦敦和巴黎旧货店里就陈列着日本丝织的女人睡衣，上面绣条蟠龙，标明慈禧太后御用。只有宣传西洋人的这种观点，才会博得西洋留学生对自己另眼相看。中国人抱了偏见，瞧不起模仿西洋的近代日本，他就提倡模仿中国的古代日本。日本文明学西洋像了，人家说它欠缺创造力；学中国没有像，他偏说这别有风味，自成风格，值得中国人学习，好比说酸酒兼有酽醋之妙一样。更进一步，他竟把醋作为标准酒。中国文物不带盆景、俳句、茶道的气息的，都给他骂得一文不值。他主张作人作文都该有风趣。可惜他写的又像中文又像日文的"大东亚文"，达不出他的风趣来，因此有名地"耐人寻味"。袁友春在背后曾说，读他的东西，只觉得他千方百计要有风趣，可是风趣出不来，好比割去了尾巴的狗，把尾巴骨乱转乱动，办不到摇尾讨好，他就是为淘气取名"黜己"的人。

科学家郑须溪又瘦又小，可是他内心肥胖，并不枯燥。他曾在德国专攻天文学。也许受了德国文化的影响，他立志要做个

"全人"，抱有知识上的帝国主义，把人生各方面的学问都霸占着算自己领土。他自信富于诗意，具有浪漫的想像和情感，能把人生的丰富跟科学的精确调剂融会。所以他谈起天上的星来，语气宛如谈的是好莱坞里的星。有一位中年不嫁的女科学家听他演讲电磁现象，在满场欢笑声中，羞得面红耳赤，因为他把阴阳极间的吸引说得俨然是科学方法核准的两性恋爱。他对政治、社会等问题，也常发表言论，极得青年人的爱戴。最近他可不大得劲。为了学生爱国运动闹罢课的事，他写一篇文章，说自己到德国学天文的动机也是雪国耻：因为庚子之役，德国人把中国的天文仪器搬去了，所以他想把德国人的天文学理灌输到中国来，这是精神战胜物质的榜样。这桩故事在平时准会大家传诵，增加他的名声，不幸得很，自从国际联盟决议予中国以"道义上的援助"，相类的名词像"精神上的胜利"，也引起青年人的反感。郑须溪因此颇受攻击。

西装而头发剃光的是什么学术机关的主任赵玉山。这机关里雇用许多大学毕业生在编辑精博的研究报告。其中最有名的一种，《印刷术发明以来中国书刊中误字统计》，就是赵玉山定的题目。据说这题目一辈子做不完，最足以培养学术探讨的耐久精神。他常宣称："发现一个误字的价值并不亚于哥伦布的发现新大陆。"哥伦布是否也认为发现新大陆并不亚于发现一个误字，听者无法问到本人，只好点头和赵玉山同意。他平时沉默寡言，没有多少趣味。但他曾为李太太牺牲一头头发，所以有资格做李家的惯客。他和他的年轻太太，不很相得。这位太太喜欢热闹,神经健全得好像没有感觉似的,日常生活都要声音做背景,留声机和无线电,成天交替地开着,这已经够使赵玉山头痛。她看惯了电影,银幕上的男女每到爱情成就时接吻,海陆空中会飘来音乐助兴。所以她坚持卧室里有时必须开无线电,不管是耶稣诞夜,电台广播的大半是赞美诗,或是国庆日的晚上,广播的是《卿云歌》。可怜她先生几乎因此害神经衰弱症。他们初到北平时,李氏夫妇曾接风请吃午饭,赵太太一见李太太,心里就讨厌她风头太健,把一切男人呼来唤去。吃完饭,大家都称赞今天菜好,归功于厨子的艺术和建侯的提调。建侯说:“各位别先夸奖!今天有赵太太,她在大学家政系得过学位,是烹饪的权威,该请她指教批评。”赵太太放不过这个扫李太太面子的好机会,记得家政学讲义里一条原则,就有恃无恐地说:“菜的口味是好极了,只是颜色太单调些,清蒸的多,黄焖和红烧的少,不够红白调匀,在感受上起不了交响乐的那种效果。”那时候是五月中旬,可是赵太太讲话后,全席的人都私下抽口冷气。赵玉山知道他太太的话,无字不误,只没法来校勘订正。李太太笑着打趣说:“下次饭菜先送到美容院去化了装,涂脂擦粉,再请赵太太来品定。”陈侠君哈哈大笑道:“干脆借我画画的颜色盆供在饭桌上得啦。”赵太太讲错了话,又羞又气。在回家路上忽然想起李太太本人就是美容医院的产品,当时该说这句话来堵爱默的嘴:“美容院还不够,该送到美容医院去。”只恨自己见事太迟,吃了眼前亏。从此她和李太太结下深仇,不许丈夫去,丈夫偏不听话,她就冤枉他看上了爱默。有一次夫妇俩又为这事吵嘴,那天玉山才理过发,她硬说他头光脸滑,要向李太太献媚去,使性子满嘴咬了口香橡皮糖吐在玉山头上。结果玉山只好剃光头发,偏是深秋天气,没有借口,他就说头发长了要多消耗头皮上的血液,减少思想效率。他没想到,把这个作为借口,就别希望再留长头发了。李太太知道他夫人为自己跟他反目,请他吃饭和喝茶的次数愈多,外面谣言纷纭,有的说他剃发是跟太太闹翻了,有的说他爱李太太灰了心,一句话,要出家做和尚。陆伯麟曾说他该把剃下来的头发数一数,也许中国书刊里的误字恰是这个数目,省得再去统计。他睁大了眼睛说:"伯老,你别开玩笑!发现一个错字跟发现一个新大陆同样的重要……"

举动斯文的曹世昌,讲话细声细气,柔软悦耳,隔壁听来,颇足使人误会心醉。但是当了面听一个男人那样软绵绵地讲话,好多人不耐烦,恨不得把他像无线电收音机似的拨一下,放大他的声音。这位温文的书生爱在作品里给读者以野蛮的印象,仿佛自己兼有原始人的真率和超人的威猛。他过去的生活笼罩着神秘气氛,假使他说的是老实话,那末他什么事都干过。他在本乡落草做过土匪,后来又吃粮当兵,到上海做流氓小弟兄,也曾登台唱戏,在大饭店里充侍者,还有其他富于浪漫性的流浪经验,讲来都能使只在家庭和学校里生活的青年摇头伸大拇指说:"真想不到!""真没得说!"他写自己干这些营生好像比真去干它们有利,所以不再改行了。论理有那么多奇趣横生的回忆,他该写本自传,一股脑儿收进去。可是他只东鳞西爪,写了些带自传性的小说;也许因为真写起自传来,三十多岁的生命里,安插不下他形形色色的经历，也许因为自传写成之后，一了百了，不便随时对往事作新补充。他现在名满文坛，可是还忘不掉小时候没好好进过学校，老觉得那些"正途出身"的人瞧不起自己，随时随地提防人家损伤自己的尊严。蜜里调油的声音掩盖着剑拔弩张的态度。因为地位关系，他不得不和李家的有名客人往来，而他真喜欢结识的是青年学生，他的"小朋友们"。这时大家讲的话，他接谈不来，憋着一肚子的忌妒、愤怒、鄙薄，细心观察这些"绅士"们的丑态，有机会向小朋友们淋漓尽致地刻划。忽然他认清了冷落在一边的颐谷，像是个小朋友的材料。

今天的茶会少不了傅聚卿。《麻衣相法》未可全信，但有时候相貌确能影响人的一生。譬如有深酒涡、好牙齿的女郎，自然爱对人笑；出了"快乐天使"的名气，脾气也会无形中减少暴厉。就像傅聚卿的眼睛，不知道由于先天还是后天的缘故，自小有斜睨的倾向。他小学校里的先生老觉得这孩子眼梢瞟着，表示鄙夷不屑，又像冷眼旁观，挑老师讲书的错儿。傅聚卿的老子是本地乡绅，教师们不敢得罪他。他到十五六岁时，眼睛的效力与年俱进，给他一眼瞧见，你会立刻局促不安，提心吊胆，想适才是否做了傻事，还是瓜皮帽结子上给人挂了纸条子或西装裤子上纽扣没扣好，他有位父执，是个名士，一天对他老子说："我每次碰见你家世兄，就想起何义门的评点，眼高于顶，其实只看到些细节，吹毛求疵。你们世兄的眼神儿颇有那种风味。"傅聚卿也不知道何义门是什么人，听说是苏州人批书的，想来是金圣叹一流人物，从此相信凭自己的面貌可以做批评家。在大学文科三年级时,指定参考书里有英国蒲伯(Pope)的诗。他读到骂《冷眼旁观报》编者爱迪生的名句,说他擅长睨视(leer)和藐视(sneer),又读到那形容"批眼"(the critic eye)的一节,激动得在图书馆阅览室里就像热锅上的蚂蚁。从此他一言一动,都和眼睛的风度调和配合,写文章的语气,也好像字里行间包含着藐视。他知道全世界以英国人最为眼高于顶,而爱迪生母校牛津大学的学生眼睛更高于高帽子顶,可以傲视帝皇。他在英国住过几年,对人生一发傲睨,议论愈高不可攀;甚至你感到他的卓见高论不应当平摊桌上、低头阅览,该设法黏它在屋顶天花板上,像在罗马雪斯丁教堂里赏鉴米开朗琪罗的名画一样,抬头仰面不怕脖子酸痛地瞻望。他在英国学会板着脸、爱理不理的表情,所以在公共集会上,在他边上坐的要是男人,陌生人会猜想是他兄弟,要是女人呢,准以为是他太太,否则他不会那样不瞅不睬的。他也抽烟斗,据他说这是受过牛津或剑桥教育的特色。袁友春虽冷笑过:"别听他摆架子吹牛,算他到过英国!谁爱抽烟斗就抽!"可是心上总憎嫌傅聚卿,好像自己只能算"私吸洋烟",而聚卿用得安南鸦片铺的招牌上响当当的字眼:"公烟"。

客人有的看表,有的问主人:"今天想还有侠君?"李太太对建侯说:"我们再等他十分钟,他老是这脾气!"假使颐谷是个多心眼儿的人,他就明白已到的客人和主人恰是十位,加上陈侠君是十一位,这个拖泥带水的数目,表示有一位客是临时添入的,原来没他的份儿。可是颐谷忙着想旁的事,没工夫顾到这些。他还没打破以貌取人的成见,觉得这些追求真、善、美的名人,本身也应有真、善、美的标志,仿佛屠夫长一身肥肉,珠宝商戴着两三个大戒指。想不到都那样碌碌无奇, 他们的名气跟他们的仪表成为使人失望的对照。没有女客,那倒无足惋惜。颐谷从学校里知道,爱好文艺和学问的女学生大多充不得美人样品。所以今天这种知识分子的聚会上,有女客也决不会中看,只能衬出女主人的美貌。从容观察起来,李太太确长得好。嘉宝(Garbo)式的长发披着,和她肩背腰身的轮廓,融谐一气,不像许多女人的头发自成局面,跟身体的外线不相呼应。是三十岁左右的太太了,俏丽渐渐丰满化,趋向富丽。因为皮肤暗,她脸上宜于那样浓妆。因为眼睛和牙齿都好,而颧骨稍高,她宜笑,宜说话,宜变化表情。她虽然常开口,可是并不多话,一点头,一笑,插进一两句,回头又跟另一个人讲话。她并不是卖弄才情的女人,只爱操纵这许多朋友,好像变戏法的人,有本领或抛或接,两手同时分顾到七八个在空中的碟子。颐谷私下奇怪,何以来的都是近四十岁、久已成名的人。他不了解这些有身家名望的中年人到李太太家来,是他们现在惟一经济保险的浪漫关系,不会出乱子,不会闹笑话,不要花费,而获得精神上的休假、有了逃避家庭的俱乐部。建侯并不对他们猜忌,可是他们彼此吃醋得利害,只肯在一点上通力合作:李太太对某一个新相识感到兴趣,他们异口同声讲些巧妙中听的坏话。他们对外卖弄和李家的交情,同时不许任何外人轻易进李家的交情圈子。这样,李太太愈可望而不可即了。事实上,他们并不是李太太的朋友,只能算李太太的习惯,相与了五六年,知己知彼,呼唤得动,掌握得住,她也懒得费心机更培养新习惯。只有这时候进来的陈侠君比较上得她亲信。

理由是陈侠君最闲着没事做，常能到李家来走动。他曾在法国学过画，可是他不必靠此为生。他尝说，世界上资本家以外，和"无产阶级"的劳动者对峙的还有一种"无业阶级"，家有遗产、不事正业的公子哥儿。他勉强算属于这个阶级。他最初回国到上海，颇想努力振作，把绘画作为职业。谁知道上海这地方，什么东西都爱洋货，就是洋画没人过问。洋式布置的屋子里挂的还是中堂、条幅、横披之类。他的大伯父是有名的国画家，不懂透视，不会写生；除掉"外国坟山"和自来水，也没逛过名山秀水，只凭祖传的收藏和日本珂珞版《南画集》，今天画幅山水"仿大痴笔意"，明天画幅树石"曾见云林有此"，生意忙得不可开交。这气坏了有艺术良心的陈侠君。他伯父一天对他说："我的好侄儿呀，你这条路走错了！洋画我不懂，可是总比不上我们古画的气韵，并且不像中国画那样用意微妙。譬如大前天一个银行经理求我为他银行会客室画幅中堂，你们学洋画的人试想该怎样画法，要切银行，要口彩好，又不能俗气露骨。"侠君想不出来，只好摇头。他伯父呵呵大笑，摊开纸卷道："瞧我画的！"画的是一棵荔枝树，结满了大大小小的荔枝，上面写着："一本万利图。临罗两峰本。"侠君看了又气又笑。他伯父又问"幸福图"怎样画法，侠君真以为他向自己请教，源源本本告诉他在西洋神话里，幸福女神是个眼蒙布带、脚踏飞轮的女人。他伯父拈着胡子微笑，又摊开一卷纸，画着一株杏花、五只蝙蝠，题字道："杏蝠者,幸福谐音也;蝠数五,谐五福也。自我作古。"侠君只有佩服,虽然不很情愿。他伯父还有许多女弟子,大半是富商财主的外室;这些财翁白天忙着赚钱,怕小公馆里的情妇长日无聊,要不安分,常常叫她们学点玩意儿消遣。最理想的当然是中国画,可以卖弄而不难学。拜门学画的先生,不比旁的教师,必须有名儿的,这也很挣面子,而且中国画的名家十九上了年纪,不会引诱女人,可以安心交托。侠君年纪轻,又是花天酒地的法国留学生,人家先防他三分;学洋画听说专画模特儿,难保不也画《红楼梦》里傻大姐所说的"妖精打架",那就有伤风化了。侠君在上海受够了冷落,搬到北平来住,有了一些说话投机的朋友,渐渐恢复自尊心,然而初回国时那股劲头再也鼓不起来。因为他懒得什么事都不干,人家以为他上了劲什么事都能干,他也成了名流。他只有谈话不懒,晚上睡着了还要说梦话,他最擅长跟女人讲话。他知道女人不喜欢男人对她们太尊敬,所以他带玩弄地恭维,带冒犯地迎合。例如上月里李太太做生日,她已到了愿有人记得她生日而不愿有人知道她生年的时期,当然对客人说自己老了,大家都抗议说:"不老!不老!"只有陈侠君说:"快该老了!否则年轻的姑娘们都给您比下去了,再没有出头的日子啦!"

客人齐了,用人送茶点上来。李太太叫颐谷坐在旁边,为自己斟第一杯茶,第二杯茶就给他斟,问他要几块糖,颐谷客气地踌躇说:"谢谢,不要糖。"李太太注视他,微笑低声说:"别又像刚才否认你学校里有女学生,这用不到客套。不搁糖,这茶不好喝。我干脆不问你,给你加上牛奶。"颐谷感谢天,这时候大家都忙着谈话，没人注意到自己的窘态。李太太的笑容和眼睛表情使他忽然快乐得仿佛心给热东西烫痛了。他机械地把匙调着茶，好一会没听见旁人在讲什么。

建侯道："侠君，你来的时候耳朵烧没有？我们都在骂你。"

陈侠君道："咱们背后谁不骂谁——"

爱默插嘴说："我可没骂过谁。"

侠君左手按在胸口，坐着向爱默深深弯背道："我从没骂过你。"回头向建侯问："骂我些什么呢？何妨讲来听听，'有则改之，无则加勉'。"

马用中喝完茶还得上报馆做稿子，便抢着说："骂你臭架子，每次有意晚到，耽误大家的时间，恭候你一个人。"

袁友春说："大家说你这艺术家的习气是在法国拉丁区坐咖啡馆学来的，说法国人根本没有时间观念，所以'时间即金钱'那句话还得向英文去借。我的见解不同，我想你生来这迟到的脾气，不，没生出来就有这脾气，你一定十月满足了还赖在娘胎里不肯出世的。"

大家都笑了。陈侠君还没回答，傅聚卿冷冷地说："这幽默太笨重了，到肉铺子里去称一下，怕斤两不小。"

袁友春脸上微红，睁眼看傅聚卿道："英国人用磅做单位的，不讲斤两，你露出冒牌英国佬的马脚来了。"

陈侠君喝着茶说："可惜！可惜！这样好茶给你们润了嗓子来吵嘴，真冤哪！我今天可不是故意累你们等，方才送一个朋友全家上车回南边去，所以来迟了。这两天风声又紧起来，好多人想搬家离开这儿。老马，你说，这仗打得起来不？你的消息该比我们灵通啰。"

曹世昌涵意深微地说："你该看他的社论。国家大事，私人访问，恕不答复。"

几张嘴同说："为了读他的社论，看不出所以然，所以要问他。"颐谷也觉得这关系到切身利益，只等马用中吃完了"三明治"，腾出嘴来讲话。李太太说："是呀！我也得有个准备。北平真危险的话，只有把上海出租的房子要回来，建侯得先到南边去料理了。可是三年前的夏天，比现在紧张多呢！日本飞机在头上转，大家都抢着回南，平沪特快车头二等的走廊里站满了乘客，三等车里挤得一宵转身不得，什么笑话都有。到后来，大事化为无事，去的人又回来，白忙了一趟。这几年来，我们受惯了虚惊，也许什么事儿没有。用中，你瞧怎样？"

马用中好像没忘记生理卫生关于淀粉应在嘴里消化的教训，仔细咀嚼面包，吃完了用碟子旁的手巾拂去胸前沾的面包屑，皱着眉头说："这事很难肯定地说……"

李太太使性说："那不行，你非讲不可。"傅聚卿道："为什么这样吞吞吐吐？何妨把你自己的眼光来判断一下。老实告诉你，老马，我就从来没把你的话作准。反正你在这儿讲话又不是作社论，你不负什么文责。要知道祸福吉凶，我们自会去求签卜卦，请教摆测字摊的人，不会根据你大政论家的话来行动。"

马用中只当没听见，对李太太说："我想战事暂时不会起。第一，我们还没有充分准备。第二，我得到消息，假使日本跟我们打仗，俄国也许要乘机向它动手，这消息的来源我不能公布，反正是顶可靠的。第三，英美为保护远东利益，不会坐视日本侵略中国，我知道它们和我们当局有实际援助的默契。日本怕俄国，也不能不顾忌到英美，决不敢真干起来。第四，我们政府首领和希特勒、墨索里尼最友善，德国、意国都和我们同情，断不至于帮了日本去牵制英美。所以，我的观察，两三年内还不会有战争，当然，天下常有意料不到的事。"

李太太恨道："你这人真讨厌！听了你一大堆话，刚有点儿放心，又来那么泄气的一句！"马用中抱歉地傻笑，仿佛战争意外发生都是他失察之咎。曹世昌问："那么，当前的紧张局面怎样了结呢？"

袁友春轻蔑地说："哼！还有什么？我们只能让步。"

马用中态度严肃，说："我们只有忍耐着，暂时让步。"

"那可糟啦！"建侯说，颐谷心里也应声回响。

"不让步事情更糟。"傅聚卿、陆伯麟同时说。

陈侠君道："让步！让步！让到什么时候得了！大不了亡国，倒不如干脆跟日本拼个你死我活。老实讲，北平也不值得留恋了。在这种委曲苟安的空气里，我们一天天增进亡国顺民的程度，我就受不了！只有打！"说时拍着桌子，表示他的言行一致，好像证明该这样打日本人的，坐在他右面的赵玉山吓得直跳起来，把茶都泼在衣服上。

李太太笑道："瞧你这傻劲儿！小心别打破我的茶杯。'打！'你肯上前线去打么？"

侠君正在向玉山道歉:"都是我不好!回头你太太又该借这茶渍跟你吵了——"听见这话,回脸过来说:"我不肯,我不能,而且我不敢。我是懦夫,我怕炮火。"

建侯耸了耸肩,对大家做个眼色。傅聚卿说:"你肯承认自己懦弱,这就是最大的勇气,这个年头儿,谁都不敢讲自己怕打仗。敢这样坦白讲的,你还是第一个。有些人把他们的畏缩掩饰成为政策,说维持和平,说暂时妥协,不可轻举妄动,意气用事。有些人高喊着抗战,只希望虚声夺人,把呐喊来吓退日本,心上并不愿意,也并不相信这战争真能发生,千句并一句说,大家都胆小得要装勇敢,就没人有胆量敢诚实地懦弱。可是你自己怕打仗,又主张打仗,这未免有点矛盾。"

侠君把牛奶倒在茶碟里,叫淘气来舐,抚摸着淘气的毛,回答说:"这并不矛盾。这正是中国人传统的心理,这也是猫的心理。我们一向说,'善战者服上刑','佳兵不祥',但是也说,'不得已而用兵'。怕打仗,躲避打仗,无可躲避了就打,没打的时候怕死,到打的时候怕得忘了死。我中国学问根柢不深,记不起古代什么一位名将说过,士兵的勇气都从畏惧里出来,怕惧敌人,但是更怕惧自己的将帅,所以只有努力向前杀敌。譬如家畜里胆子最小的是猫,可是我们只看见小孩子给家里养的猫抓破了皮,从没见过家里养的狗会咬痛小孩子。你把不满一岁的小孩子或小狗跟小猫比一下,就明白猫和其他两种四足家畜的不同。你对小孩子恐吓,装样子要打他,他就哭了。你对小狗这样,它一定四脚朝天,摆动两个前爪,仿佛摇手请你别打,身子左右滚着。只有小猫，它愈害怕态度愈凶，小胡子根根挺直，小脚爪的肌肉像张满未发的弓弦，准备跟你拼命。可是猫远不如狗的勇敢，这大家都知道。所以，怕打仗跟能打仗并不像聚卿所想的那样矛盾。"

袁友春觉得这段议论颇可留到自己讲中国人特性的文章里去用，所以一声不响，好像没听见。陆伯麟道："我从没想到侠君会演说。今天的事大可编个小说回目：'拍桌子，陈侠君慷慨宣言；翻茶杯，赵玉山淋漓生气。'或者：'陈侠君自比小猫；赵玉山妻如老虎。'"大家都笑说陆伯麟"缺德"，赵玉山一连摇头道："胡说！不通！"

曹世昌说："我没有陈先生的气魄，不过，咱们知识分子有咱们对国家的职责。咱们能力所及，应该赶快去做。我想咱们应当唤起国际的同情，先博得舆论的支持，对日本人无信义的行为加以制裁。这种非官方的国外宣传，你们精通外国文的人更应该做。袁先生在这一方面有很大的成绩，傅先生您亦何妨来一下？今年春天在伦敦举行的中国艺术展览会已经引起全世界文化人士对中国的注意，这是最好的机会，千万不要错过。打铁趁它热——假使不热，咱们打得它发热。"这几句话讲得颐谷心悦诚服，想毕竟是曹世昌有道理。

傅聚卿道："你太瞧得起我了，这事只有友春能干。可是，你把外国的同情也看得过高，同情不过是情感上的奢华，不切实际的。我们跟玉山很同情，咱们中间谁肯出傻力气帮他去制服赵太太。咱们亲眼看见陈侠君害他泼了一身茶，陆伯老讲话损他，咱们为他抱不平没有？外国人知道切身利害有关，自然会来援助。现代的舆论并非中国传统所谓清议。独裁国家里，政府的意旨统制报纸的舆论，绝不是报纸来左右政府。民治国家像英国罢，全国的报纸都操纵在一两个报阀的手里，这种报阀不是有头脑有良心的知识分子，不过是靠报纸来发财和扩大势力的野心资本家，哪里会主持什么公道？至于伦敦画展呢，让我告诉你一句耐人寻味的话。有位英国朋友写信给我说，从前欧洲一般人对日本艺术开始感觉兴趣，是因为日俄之战，日本人打了胜仗；现前断定中日开战，中国准打败仗，所以忽然对中国艺术发生好奇心，好比大房子要换主人了，邻居就会去探望。"

陆伯麟打个呵欠道："这些话都不必谈。反正中国争不来气，要依赖旁人。跟日本妥协，受英美保护，不过是半斤八两。我就不明白这里面有什么不同。要说是国耻，两者都是国耻。日本人诚然来意不善，英美人何尝存着好心。我倒宁可倾向日本，多少还是同种，文化上也不少相同之点。我知道我说这句话要挨人臭骂的。"

陈侠君道："这地道是'日本通'的话。平时的'日本通'，到战事发生，好些该把名称倒过来，变成'通日本'，——伯老，得罪得罪！冒犯了你，我们湖南人讲话粗鲁，不知忌讳的。"后面这几句话因为陆伯麟气得脸色翻白，捻胡子的手指都抖着。中国各地只有两广人、湖南人，勉强凑上山东人，这四省人可以雄赳赳说："我们这地方的人就生来这样脾气。"他们的生长地点宛如一个辩论的理由、挑战的口号。陆伯麟是沪杭宁铁路线上的土著，他的故乡叫不响，只有旁人背后借他的籍贯来骂他，来解释或原谅他的性格，在吵架时自己的籍贯助不了声势的。所以他一时上竟想不出话来抵挡陈侠君的"我们湖南人"。再说，自己刚预言过要挨骂，现在预言居然中了，还怨什么？

郑须溪赶快避开争端说："从政治的立场来看，我们是否该宣战，我不敢决定。我为了多开口，也已经挨了青年人的骂。但是从超政治的观点来讲，战争也许正是我们民族精神的需要。一个大规模的战争可以刺激起我们这个民族潜伏着的美德，帮我们恢复精神的健康和国家的自尊心。当然，痛苦是免不了的，死伤、恐怖、流离、饥荒，以及一切伊班涅茨的'四骑士'所能带来的灾祸。但这些都是战争历程中应有的事，在整个光荣壮烈的英雄气魄里，局部的痛苦得了补偿。人生原是这样，从丑和恶里提炼出美和善。就像桌子上新鲜的奶、雪白的糖、香喷喷的茶、精美可口的点心，这些好东西入口以后，到我们肠胃里经过生理化学的作用，变质变形，那种烂糊糟糕的状态简直不堪想像，想起来也该替这些又香又甜的好东西伤心叫屈。可是非有这样肮脏的历程，肉体不会美丽和健康。我——"

李太太截断他道："你讲得叫人要反胃了！我们女人不爱听这种拐弯抹角的议论。人生有许多可恨、可厌、全不合理的事，没法避免。假如战争免不了，你犯不着找深奥的理由，证明它合理，证明它好。你为战争找道理，并不能抬高战争，反而亵渎了道理，我们听着就对一切真理发生猜疑，觉得也许又是强辩饰非。我们必需干的事，不一定就是好事。你那种说法，近乎自己骗自己，我不赞成。"颐谷听得出了神，注视着爱默讲话时的侧面，眼睛像两星晶莹的火，燃烧着惊奇和钦佩，陈侠君眼快，瞧见他这样子，微笑向爱默做个眼色，爱默回头看颐谷，颐谷羞得低下头去，手指把面包捻成一个个小丸子。陈侠君不放松地问："这位先生贵姓？刚才来晚了，荒唐得很，没有请教。"颐谷感到十双眼睛的光射得自己两脸发烧，心里恨不能一刀杀死陈侠君，同时听见自己的声音回答："敝姓齐。"建侯说："我忘掉向你介绍，这位齐先生是帮我整理材料的，人聪明得了不得。""唔！唔！"这是陈侠君的回答。假使世间有天从人愿那一回事，陈侠君这时候脸上该又烫又辣，像给颐谷打了耳光的感觉。

"你倒没有聘个女——女秘书？"袁友春问建侯。他本要说"女书记"，忽然想到这称呼太直率，做书记的颐谷听了也许刺耳，所以忙改口尊称"秘书"，同时心里佩服自己的机灵周到。

曹世昌道："这不用问。太太肯批准么？女书记也帮不了多少忙。"

李太太说："这还像句话说。随他用一屋子的女书记，我管不着，别扯到我身上。建侯，对不对？"建侯油腻腻地傻笑。

袁友春道："像建侯才可以安全保险地用女书记，决不闹什么引诱良家少女的笑话。家里放着爱默这样漂亮的夫人，他眼睛看高了，要他垂青可不容易。"

陈侠君瞧建侯一眼道："他要引诱，怕也没有胆量。"

建侯按住恼怒，强笑道："你知道我没有胆量？"

侠君大叫道："这简直大逆不道！爱默，你听见没有？快把你先生看管起来。"

爱默笑道:"有人爱上建侯,那最好没有。这证明我挑丈夫的眼光不错,旁人也有眼共赏。我该得意,决不吃'忌讳'。"

爱默话虽然漂亮,其实文不对题;因为陈侠君讲建侯看中旁的女人,并非讲旁的女人看中建侯。但也没人矫正她。陈侠君继续说:"建侯胆量也许有余,胃口一定不够。咱们人到中年,食色两个基本欲望里,只要任何一个还强烈,人就还不算衰老。这两种欲望彼此相通,根据一个人饮食的嗜好,我们往往可以推断他恋爱时的脾气——"

陆伯麟眼睛盯在面前的茶杯上,仿佛对自己的胡子说:"爱默刚才讲她自己决不捻酸吃醋,可是她爱吃醋溜鱼,哼!"建侯道:"这话对!侠君专门胡说八道,好像他什么都知道!"

侠君不理会陆伯麟,把头打着圈儿对建侯说:"因为她爱吃醋溜鱼,所以我断定她也会吃醋。你小心着,别太乐!"

李太太笑道:"这真是信口开河!好罢,好罢!算我是醋瓶儿、醋罐儿、醋缸儿,你讲下去。"

侠君像皮球给人刺过一针,走漏了气,懒懒地说:"也没什么可讲。建侯吃菜的胃口不好,想来他在恋爱上也不是贪多的人。"

"而且一定也精益求精,像他对烹调一样,没有多少女人够得上他的审美标准。"傅聚卿说。建侯听着,洋洋得意。

"此话大错特错",侠君忍不住说:"最能得男人爱的并不是美人。我们该防备的倒是相貌平常、姿色中等的女人。见了有名的美人,我们只能仰慕她,不敢爱她。我们这种未老已丑的臭男人自惭形秽,知道没希望,决不做癞蛤蟆吃天鹅肉的梦。她的美貌增进她跟我们心理上的距离,仿佛是危险记号,使我们胆怯、懦怯,不敢接近。要是我们爱她,我们好比敢死冒险的勇士,抱有明知故犯的心思。反过来,我们碰见普通女人,至多觉得她长得还不讨厌,来往的时候全不放在眼里,吓!忽然一天发现自己糊里糊涂地,不知什么时候让她在我们心里做了小窝。这真叫恋爱得不明不白,恋爱得冤枉。美人像敌人的正规军队,你知道戒备,即使打败了,也有个交代。平常女人像这次西班牙内战里弗朗哥的'第五纵队',做间谍工作,把你颠倒了,你还在梦里,像咱们家里的太太,或咱们爱过的其他女人,一个都说不上美,可是我们当初追求的时候,也曾为她们睡不着觉,吃不下——这位齐先生年纪虽轻,想来也饱有经验?哈哈!"颐谷听着侠君前面一段议论,不由自主地佩服他观察得入情入理,没想到他竟扯到自己头上,涨红了脸,说不出话,对陈侠君的厌恨复活了。

李太太忙说:"侠君,你这人真讨厌——齐先生,别理他。"

袁友春道:"侠君,你适才讲咱们的太太不美,这'咱们'里有没有建侯?"曹世昌、赵玉山都和着他。

李太太笑道:"这不用问,当然有他。我也是'未老先丑',现在已老更丑。"

侠君慌的缩了头,手抓着后脑,做个鬼脸。陆伯麟却忍不住笑了。

马用中说:"你们说话都不正经。我报馆里有两个女职员做事都很细心认真。玉山，你所里好像也有女研究员？"

赵玉山道："我们有三个，都很好。像我们这研究所，一般年轻女人会觉得沉闷枯燥，决不肯来。我的经验是，在大学专修自然科学、中国文学、历史、地理的女学生，都比较老实认真。只有读西洋文学的女学生最要不得，满脑子的浪漫思想，什么都不会，外国文也没读通，可是动不动要了解人生，要做女作家，要做外交官太太去招待洋人，顶不安分。聚卿介绍过这样一个宝贝到我们所里来，好容易我把她撺走了，聚卿还怪着我呢。"

傅聚卿说："我不怪你旁的，我怪你头脑顽固，胸襟狭小，容不下人。"

郑须溪道："这话不错。玉山该留她下来，也许你们所里的学术空气能把她潜移默化，使她渐渐跟环境适合，很可能成为一个人才。"

陆伯麟笑说："我想起一桩笑话。十几年前，我家还在南边。有个春天，我陪内人到普陀山去烧香，就住在寺院的客房里。我看床铺的样子，不很放心，问和尚有没有臭虫。和尚担保我没有，'就是有一两个，佛门的臭虫受了菩萨感应，不吃荤血；万一真咬了人，阿弥陀佛，先生别弄死它，在菩萨清净道场杀生有罪孽的。'好家伙！那天我给咬得一宵没睡。后来才知道真有人听和尚的话。有同去烧香的婆媳两人，那婆婆捉到了臭虫，便搁在她媳妇的床上，算是放生积德，媳妇嚷出来，传为笑话。须溪讲环境能感化性格，我想起和尚庙的吃素臭虫来了。"大家都哈哈大笑。

郑须溪笑完道：“伯老，你不要笑那和尚，他的话有一部分真理。臭虫跟佛教程度差得太多了，陈侠君所谓‘心理距离’相去太远，所以不会受到感化。智力比较高的动物的确能够传染主人的脾气，这一点生物学家和动物心理学家都承认。譬如主人爱说笑话，来的朋友们常常哈哈大笑，他养的狗处在这种环境里，也会有幽默，常做出滑稽引人笑的举动，有时竟能嘻开嘴学人的笑容。记得达尔文就观察到狗能模仿人的幽默，我十几年前看德国心理学家泼拉埃讲儿童心理的书里，也提起这类事。我说学术空气能改变女人的性格，并非大帽子空话。”

陆伯麟道：“狗的笑容倒没见过，回头养条狗来试验试验。可是我听了你的科学证明，和你绝对同意。我喜欢书，所以我家里的耗子也受了主人的感化，对书有特别嗜好，常把我的书咬坏。和尚们也许偷偷吃肉，所以寺院里的虱子不戒荤腥。你的话对极了！”说完向李太太挤挤眼，仿佛要她注意自己讽刺的巧妙。

郑须溪摇头道：“你这老头子简直不可理喻。”袁友春道：“何必举狗的例子呢？不现成有淘气么？你们细心瞧它动作时的腰身，婀娜刚健，有时真像爱默，尤其是它伸懒腰的姿态。它在李府上养得久了，看惯美丽女主人的榜样，无形中也受了感化。”

李太太道：“我不知道该骂你，还是该谢你。”

陈侠君道：“他这话根本不对。淘气在李家好多年了，不错，可是它也有男主人哪！为什么它不模仿建侯？你们别笑，建侯又要误会我挖苦他了。建侯假如生在十六世纪的法国，他这身段的曲线美，不知该使多少女人倾倒爱慕，不拿薪水当他的女书记呢！那时候的漂亮男女，都行得把肚子凸出——法国话好像叫panserons——鼓得愈高愈好，跟现代女人的束紧前面腹部而耸起后面臀部，正是相反。建侯算得古之法国美少年，也配得做淘气的榜样。所以我说老袁倒果为因。并不是淘气学爱默的姿态，是爱默参考淘气的姿态，神而明之，自成一家。这话爱默听了不会生气的。倾国倾城、天字第一号外国美人是埃及女皇克娄巴德拉——埃及的古风是女人愈像猫愈算得美。在朋友们的太太里，当然推爱默穿衣服最称身，譬如我内人到冬天就像麻口袋盛满了棒子面，只有你那合式样儿，不像衣服配了身体做的，真像身体适应着衣服生长的。这不是学淘气的一身皮毛么？不成淘气会学了你才生皮长毛？"

爱默笑道："小心建侯揍你！你专讲废话。"建侯把面前一块éclair给陈侠君道："请你免开尊口，还是吃东西罢，省得嘴闲着又要嚼蛆。"侠君真接了咬着，给点心堵住了上下古今的议论。

傅聚卿说："我在想侠君讲的话。恋爱里的确有'心理距离'，所以西洋的爱神专射冷箭。射箭当然需要适当的距离，红心太逼近了箭射不出，太远隔了箭射不到；地位悬殊的人固然不易相爱，而血统关系太亲密的人也不易相爱。不过这距离不仅在心理方面。各位有这个经验么？有时一个女人远看很美，颇为可爱，走近了细瞧，才知道全是假的，长得既不好看，而且化妆的原料欠讲究，化妆的技巧也没到家。这种娘儿们打的什么主意，我真想不出。花那么多的心思和工夫来打扮，结果只能站在十码以外供人远眺！是否希望男人老远的已经深深地爱上她们，到走近看了真相，后悔无及，只有将错就错，爱她们到底？今天听侠君的话，才明白她们跟枪炮一样，放射力有一定的距离。这种女人，我一天不知要碰见多少，我恨死了她们，觉得她们要骗我的爱，我险的上当。亏得我生在现代，中国风气开通，有机会对她们仔细观察，矫正一眼看去的幻觉。假使在古代，关防严密，惟有望见女人凭着高楼的栏杆，或着瞥见她打起驴车的帘子，可望而不可即，只好一见生情，倒煞费心机去追求她，那冤不冤！我想着都发抖。"说时傅聚卿打个寒噤。建侯笑得利害，不但嘴笑，整个矮胖的身体也参加这笑。

陈侠君早吃完那块糕，叹口气说："聚卿，你眼睛终是太高呀！我们上半世已过的人，假如此心不死，就不能那样苛求。不但对相貌要放低标准，并且在情感方面也不能责备求全。十年前我最瞧不起那些眼开眼闭的老头子，明知他们的年轻姨太太背了自己胡闹，装傻不管。现在我渐渐了解他们，同情他们。除非你容忍她们对旁人的爱，你别梦想她们会容忍你对她们的爱。我在巴黎学画的时候，和一个科西嘉的女孩子很要好，后来发现她是虔诚的天主教徒，要我也进教才肯结婚，仿佛她就是教会招揽主顾的女招待，我只好把她甩了。我那时要求女人全副精神爱我，整个心里装满的是我，不许留一点点给任何人，上帝也是我的情敌，她该为我放弃他，她对我的爱情应当超越一切宗教的顾忌。可是现在呢？我安分了，没有奢望了，假如有可爱的女人肯大发慈悲,赏赐我些剩余的温柔,我像叫化子讨得残羹冷炙,感激涕零。她看我一眼,对我一笑,或脸一红,我都记在心上,贮蓄着有好几天的思量和回味。打仗?我们太老啦!可是还不够老,只怕征兵轮到我们。恋爱?我们太老啦!可是也不够老,只怕做情人轮不到我们!"

马用中起身道:"侠君这番话又丧气,又无耻。时候不早了,我先走一步。李太太,建侯,谢谢您,再会,再会。别送!齐先生,再见。"曹世昌也同时说侠君的议论"伤风败俗"。建侯听侠君讲话,呆呆的像上了心事,直到马用中叫他名字,才忙站起来,和着爱默说:"不多坐一会儿么?不送,不送。"颐谷掏出表来,看时间不早,也想告辞,只希望大家都走,混在人堆里,七嘴八舌中说一句客气话便溜。然而看他们都坐得顶舒服的,不像就走;自己怕母亲盼望,实在坐不住了,正盘算怎样过这一重重告别的难关。李太太瞧见他看表,便说:"时间还早啊,可是我不敢多留你,明儿见。"颐谷含糊地向李太太谢了几句。因为他第一次来,建侯送他到大门。出客堂时建侯把门反手关上,颐谷听见关不断的里面说笑声,武断地想他们在说笑着自己,脸更热了。跳上了电车,他忽然记起李太太说"明儿见"。仔细再想一想,把李太太对自己临去时讲的话从记忆里提出来,拣净理清,清清楚楚的"明儿见"三个字。这三个字还没僵冷,李太太的语调还没有消散。"明"字说得很滑溜,衬出"见"字语音的清朗和着重,不过着重得那么轻松只好像说的时候在字面上点一下。那"儿"字隐躲在"明"字和"见"字声音的夹缝里,偷偷地带过去。自己丝毫没记错。心止不住快活地跳,觉得明天这个日子值得等待,值得盼望。颐谷笑容上脸,高兴得容纳不下,恨不得和同车的乘客们分摊高兴。对面坐的一个中年女人见颐谷向自己笑,误会他用意,恶狠狠看了颐谷一眼,板着脸,别过头去。颐谷碰到一鼻子灰,莫名其妙,才安静下来。到了家,他母亲当然问他李太太美不美。他偏说李太太算不得美,皮肤不白啦,颧骨稍微高啦,更有其他什么缺点啦。假如颐谷没着迷,也许他会赞扬爱默俏丽动人;现在他似乎新有了一个秘密,这个秘密初来未惯,躲在他心里,怕见生人,所以他说话也无意中合于外交和军事上声东击西的掩护策略。他母亲年轻结婚的时候,中国人还未发明恋爱。那时候有人来做媒,父母问到女孩子本人,她中意那男人的话,只有红着脸低头,一声不响,至多说句"全凭爹妈做主",然后飞快地跑回房里去,这已算女孩儿家最委婉的表情了。谁料到二三十年后,世情大变,她儿子一个大男孩子的心思也会那么曲折!所以她只打趣儿子,说他看得好仔细,旁的没讲什么。颐谷那天晚上做了好几个颠倒混沌的梦,梦见不小心把茶泼在李太太的衣服上,窘得无地自容,只好逃出了梦。醒过来,又梦见淘气抓破自己的鼻子,陈侠君骂自己是猫身上的跳虱。气得正要回骂,梦又转了弯,自己在抚摸淘气的毛,忽然发现抚摸的是李太太的头发,醒来十分惭愧,想明天真无颜见李氏夫妇了。却又偷偷地喜欢,昧了良心,牛反刍似的把这梦追温一遍。

李太太并未把颐谷放在心上。建侯送颐谷出去时,陈侠君道:"这小孩子相貌倒是顶聪明的。爱默,他该做你的私人秘书,他一定死心塌地听你使唤，他这年龄正是为你发傻劲的时候。"爱默道："怕建侯不肯。"曹世昌道："侠君，你这人最要不得！你今天把那小孩子欺负得够了。年轻人没见过世面，怪可怜的。"侠君道："谁欺负他？我看他睁大了眼那惊奇的样子，幼稚得可怜，所以和他开玩笑，叫他别那么紧张。"陆伯麟道："你自以为开玩笑，全不知轻重。怪不得建侯恼你。"大家也附和着他。说时，建侯进来。客人坐一会，也陆续散了。爱默那晚上睡到下半夜，在前半觉和后半觉接榫处，无故想起日间颐谷对自己的表情和陈侠君的话，忽然感到兴奋，觉得自己还不是中年女人，转身侧向又睡着了。

明天，颐谷正为建侯描写他在纽约大旅馆高楼上望下去，电线、行人、车辆搞得头晕眼花，险的栽出窗子，爱默打门进来。看了他们一眼，又转身像要出去，说："你们忙着，我不来打搅你们，我没有事。"建侯道："我们也没有事，你要不要看看我游记的序文？"爱默道："记得你向我讲过序文的大意了。好，我等你第一章脱稿了，一起看，专看序文不够味道。建侯，我想请颐谷抽空写大后天咱们请客的帖子，可以不可以？"颐谷没准备李太太为自己的名字去了外罩，上不带姓，下不带"先生"，名字赤裸裸的，好像初进按摩浴室的人没料到侍女会为他脱光衣服。他没等建侯回答，忙说："可以，可以！就怕我字写不好——"颐谷说了这句谦词，算表示他从容自在，并非局促到语无伦次。建侯不用说也答应。颐谷向爱默手中接过请客名单，把眼花腿软的建侯抛搁在纽约旅馆第三十二层楼窗口，一心来为爱默写帖子了。他替建侯写游记，满肚子的委屈，而做这种琐碎的抄写工作，倒虔诚得像和尚刺血写佛经一样。回家后他还追想着这小事，似乎这是爱默眼里有他的表示。第二天他代爱默复了几封无关紧要的信，第三天他代爱默看了一本作者赠送的新小说，把故事撮要报告她，因为过一天这作者要见到爱默。颐谷并不为这些事花多少心力，午后回家的时候却感到当天的生活异常丰富，对明天也有不敢希望的希望。

写请帖的那一天，李先生已经不很高兴。到李太太叫颐谷代看小说，李先生觉得这不但截断了游记写作，并且像烧热的刀判分猪油，还消耗了中午前后那一段好时间，当天别指望颐谷再为自己工作了。他不好意思当场发作，只隐约感到不安，怕爱默会把这个书记夺去。他当着爱默，冷冷对颐谷说："你看你的小说，把稿子给我，我自己来写。"爱默似笑非笑道："抓得那样紧！你写书不争这一天半天，我明天得罪了人怎么办？你不要我管家事的话，这本书我早看了。"颐谷这时候只知道爱默要自己效劳，全听不出建侯话中用意，当真把稿子交与建侯。建侯接过来，一声不响，黄脸色里泛出青来。爱默看建侯一眼，向颐谷笑着说："费心！"出书房去了。颐谷坐下来看那小说，真是那位作者的晦气！颐谷要让爱默知道自己眼光凶、标准高，对那书里的情节和文字直挑错儿，就仿佛得了傅聚卿的传授似的。建侯呆呆坐着，对面前的稿子瞪眼，没有动笔。平时总是他看表叫颐谷回家吃饭的，今天直到老妈子出来问他要不要开饭，他才对颐谷强笑，吩咐他走，看见他带了那本小说回家，愈加生气。建侯到饭厅里，坐下来喝汤，一言不发，爱默也不讲话。到底女人是创世以来就被压迫的动物，忍耐心好，建侯先开口了："请你以后别使唤我的书记，我有正经事儿要他干。你找他办那些琐碎的事，最好留到下午，等他干完我的正事。"

爱默"哼"了一声用英语说道："你在和我生气，是不是?女用人站在旁边听着，好意思么?吵嘴也得瞧什么地方!刚才当着你那宝贝书记的面，叫我下不去，现在好好吃饭，又来找岔子。吃饭的时候别动火，我劝你。回头胃病又要发啦!总有那一天你把我也气成胃病，你才乐意。今天有炸龙虾，那东西很不容易消化。"那女用人不懂英语，气色和音调是详得出的，肚子里暗笑道："两口儿在怄气了!你们叽哩咕噜可瞒不过我。"

饭吃完，夫妇到卧室里，丫头把建侯睡午觉的被窝铺好出去。建侯忍不住问爱默道："我讲的话，你听见没有?"

爱默坐在沙发里，抽着烟道："听见!怎会不听见?老妈子、小丫头全听见。你讲话的声音，天安门、海淀都听得到，大家全知道你在教训老婆。"

建侯不愿意战事扩大，妨害自己睡觉，总结地说："听见就好了。"

爱默一眼不瞧丈夫，仿佛自言自语："可是要我照办，那不成。我爱什么时候使唤他，由得我。好一副丈夫架子!当着书记和用人，对我吆喝!"

建侯觉得躺着吵架，形势不利。床是女人的地盘，只有女人懒在床上见客谈话，人地相宜。男人躺在床上，就像无险可守的军队,威力大打折扣。他坐起来说:"这书记是我用的,该听我支配。你叫他打杂差,也得先向我打个招呼。"

爱默扔掉香烟,腾出嘴来供相骂专用,说:"只要你用他一天,我有事就得找他。老实说,你给他的工作并不见得比我叫他做的事更有意思。你有本领写书,自己动笔,不要找人。曹世昌、陆伯麟、傅聚卿都写了好多书,谁还没有雇用个书记呢!"

建侯气得把手拍床道:"好,好!我明天叫那姓齐的孩子滚。干脆大家没书记用。"

爱默道:"你辞掉他,我会用他。我这许多杂事,倒不比你的游记——"

建侯道:"你忙不过来,为什么不另用个书记,倒侵占我的人呢?"

爱默道:"先生,可省俭为什么不省俭?我不是无谓浪费的女人。并且,我什么时候跟你分过家来?"

建侯道:"我倒希望咱们彼此界限分得清一点。"

爱默站起来道:"建侯,你说话小心,回头别懊悔。你要分咱们就分。"

建侯知道话说重了,还倔强说:"你别有意误解,小题大做。"

爱默冷笑道:"我并不误解。你老觉得人家把我比你瞧得起,心里气不过。前天听了陈侠君的胡说,想找个相好的女人。吓!你放心,我决不妨碍你的幸福。"

建侯气势减缩,强笑道:"哈哈!这不是借题发挥是什么?对不住，我要睡了。"他躺下去把被蒙着头不做声。爱默等他五分钟后头伸出来，又说："你去问那孩子把那本小说要回来，我不用他代我看了。"

建侯道："你不用假仁假义。我下午有事出门，不到书房去。你要使唤齐颐谷，就随你便罢。我以后也不写什么东西了，反正一切都是这样！我名分下的东西，结果总是给你侵占去了。朋友们和我交情淡，都跟你好；家里的用人抢先忙着为你，我的事老搁在后面，我的命令抵不上你的方便。侥幸咱们没有孩子，否则他们准像畜生和野蛮人，只知道有母亲，眼睛里不认识我这爸爸。"李太太对养育儿女的态度，正像苏俄官立打胎机关的标语："第一次光顾我们欢迎，可是请您别再来！"但是妇科医生严重警告她不宜生产，所以小孩子一次也没来投胎过。朋友们背后说她真是个"绝代佳人"。她此刻回答道："说得好可怜！真是苦命丈夫哪！用人听我的话，因为我管家呀。谁爱管家！我烦得头都痛了！从明天起，请你来管，让用人全来奉承你。讲到朋友，那更笑话！为什么嫁你以后，我从前同学时代的朋友一个都不来往了。你向我计较你的朋友，我向谁要我的朋友？再说，现在的朋友可不是咱们俩大家有的？分什么跟我好，跟你不好？你这人真是小孩子气。至于书记呢，这种时局今天不保明天，谁知道能用他多少时候？万一咱们搬家回南，总不能带着他走呀。可是你现在就辞掉他，也得送他一个月的薪水。我并不需要他，不过，你不写东西也犯不着就叫他马上走，有事时可以差唤差唤。到一个月满期，瞧情形再说。这是我女人家算小的话，我又忍不住多嘴讨你厌了。反正以后一切归你管，由你做主。"建侯听他太太振振有词，又只讲自己"小孩子气"，不好再吵，便摇手道："这话别提，都是你对。咱们讲和。"爱默道："你只说声'讲和'好容易！我假如把你的话作准，早分手了！"说着出去了，不睬建侯伸出待拉讲和的手。建侯一个人躺着，想明明自己理长，何以吵了几句，反而词穷理屈，向她赔不是，还受她冷落。他愈想愈不平。

　　以后这四五天，建侯不大进书房，成天在外面跑，不知忙些什么。甚至有一两次晚上应酬，也不能陪爱默同去。颐谷的工作并不减少。建侯没有告诉他游记已经停写，仍然不让他空闲，吩咐他摘译材料，说等将来一起整理。爱默也常来叫他写些请柬、谢帖之类，有时还坐下来闲谈一会。颐谷没有姊妹，也很少亲戚来往，寡母只有他一个儿子，管束得很严，所以他进了大学一年，从没和女同学谈过话。正像汽水瓶口尽管封闭得严严密密，映着日光，看得见瓶子里气泡在浮动，颐谷表面上拘谨，心里早蠢搅着无主招领的爱情。一个十八九岁没有女朋友的男孩子，往往心里藏的女人抵得上皇帝三十六宫的数目，心里的污秽有时过于公共厕所。同时他对恋爱抱有崇高的观念，他希望找到一个女人能跟自己心灵契合，有亲密而纯洁的关系，把生理冲动推隔得远远的，裹上重重文饰，不许它露出本来面目。颐谷和爱默接触以后，他的泛滥无归的情感渐渐收聚在一处，对于一个毫无恋爱经验的男孩子，中年妇人的成熟的姿媚，正像暮春天气或鸭绒褥子一样泥得人软软的清醒不来，恋爱的对象只是生命的利用品，所以年轻时痴心爱上的第一个人总比自己年长，因为年轻人自身要成熟,无意中挑有经验的对象,而年老时发疯爱上的总是比自己年轻,因为老年人自身要恢复青春,这梦想在他最后的努力里也反映着。颐谷到李家第二星期后,已经肯对自己承认爱上李太太了。这爱情有什么结果,他全没工夫去想。他只希望常有机会和她这样接近。他每听见她的声音,心就跳,脸上布满红色。这种脸色转变逃不过爱默的眼睛。颐谷不敢想像爱默会爱自己,他只相信爱默还喜欢自己。但是有时他连这个信念都没有,觉得自己一味妄想,给爱默知道了,定把自己轻鄙得一文不值。他又忙忙搜索爱默自己也记不得的小动作和表情来证明并非妄想。然而这还不够,爱默心里究竟怎么想呀?真没法去测度。假如她不喜欢自己,好!自己也不在乎,去!去!去她的!把她冷落在心窝外面。可是事情做完,睡觉醒来,发现她并没有出去,依然盘踞在心里,第一个念头就牵涉到她。他一会儿高兴如登天,一会儿沮丧像堕地,荡着单相思的秋千。

第三个星期一颐谷到李家,老白一开门就告诉他说建侯昨天回南去了,颐谷忙问为什么,李太太同去没有。他知道了建侯为料理房子的事去上海,爱默一时还不会走,心才定下来,然而终不舒泰。离别在他心上投了阴影。他坐立不安好半天,爱默才到书房里,告诉他建侯星期六晚上回来,说外面消息不好,免不了开战,该趁早搬家,所以昨天匆匆到上海去了。颐谷强作镇静地问道:"李太太,你不会就离开北平罢?"这问句里每个字从颐谷心上挤出来,像病人等着急救似的等她回答。爱默正要回答,老白进来通报:"太太,陈先生来了。"爱默说:"就请他到书房里来——我等李先生回来，就收了这儿的摊也去。颐谷，你很可以到南方去进学校，比这儿安全些。"颐谷早料到是这回事，然而听后绝望灰心，只眼睛还能自制着不流泪。陈侠君一路嚷道："爱默，想不到你真听了我的话，建侯居然肯把机要秘书让给你。"他进来招呼了颐谷，对爱默说："建侯昨天下午坐通车回南了？"

爱默说："你消息真快！是老白告诉你的吧？"

"我知道得很早，我昨天送他走的。"

"这事怪了！他事先通知你没有？"

"你知道他见了我就头痛，哪里会巴巴地来告诉我？我这几天无聊，有朋友走，就到车站去送，借此看看各种各色的人。昨天我送一个亲戚，谁知道碰上你们先生，他看见我好像很不得劲，要躲，我招呼了他，他才跟我说到上海找房子去。你昨天倒没有去送他？"

"我们老夫老妻，又不是依依惜别的情人。大不了去趟上海，送什么行？他也不要人送，只带了个手提箱，没有大行李。"

"他有个表侄女和他一起回南，是不是？"侠君含意无穷地盯住爱默。

爱默跳起来道："呀？什么？"

"他卧车车厢里只有他和一个十七八岁的女孩子，样子很老实，长得也不顶好，见了我也只想躲，你说怪不怪？建侯说是他的表侄女？那也算得你的表侄女了。"

爱默脸色发白说："他哪里有什么表侄女，这有点儿蹊跷？"

"是呀!我当时也说,怎么从没听你们说起。建侯挽着那女孩子的手,对我说:'你去问爱默,她会知道。'我听他语气严重,心里有些奇怪,当时也没多讲什么。建侯神气很落落难合,我就和他分手了。"

爱默眼睛睁到无可再大,说:"这里头有鬼。那女孩子什么样子?建侯告诉你她的姓没有?"

陈侠君忽然拍着大腿,笑得前仰后合。爱默生气道:"有什么可笑的?"颐谷恨陈侠君闯来打断了谈话,看爱默气恼,就也一脸的怒气。侠君笑意未敛,说:"对不住,我忍不住要笑。建侯那大傻子,说做就真会去做!我现在全明白了,那女孩子是他新有的情人,偷偷到南方去度蜜月,没料到会给我这讨厌家伙撞破。他知道这事瞒不了,索性叫我来向你报信。哈哈!我梦想不到建侯还有那一手!这都是那天茶会上把他激出来的。我只笑他照我的话一字没改地去做,拣的对象也是相貌平庸,态度寒窘,样子看来是个没见世面的小孩子,一顿饭、两次电影就可以结交的,北平城里多得是!在她眼里,建侯又阔绰,又伟大,真好比那位离婚的美国女人结识了英国皇太子了。哈哈,这事怎样收场呢!"

爱默气得管束不住眼泪道:"建侯竟这样混账!欺负我——"这时候,她的时髦、能干一下子都褪掉了,露出一个软弱可怜的女人本相。颐谷看见爱默哭了,不知所措,忽然发现爱默哭的时候,她的年龄,她相貌上的缺陷都显示出来,她的脸在眼泪下也像泼着水的钢笔字,模糊浮肿。同时爱默的眼泪提醒他,她还是建侯的人，这些眼泪是建侯名分里该有的。陈侠君虽然理论上知道，女人一哭，怒气就会减少，宛如天一下雨，狂风就会停吹，但真见了眼泪，也慌得直说："怎么你哭了？有什么办法，我一定尽力！"

爱默恨恨道："都是你惹出来的事，你会尽什么力。你去罢，我有事会请你来，我旁的没什么，就气建侯把我蒙在鼓里，我自己也太糊涂！"

侠君知道爱默脾气，扯个淡走了。爱默也没送他，坐在沙发上，紧咬着牙。脸上的泪渍像玻璃窗上已干的雨痕。颐谷瞧她的脸在愤恨里变形换相，变得又尖又硬，带些杀气。他意识到这是一个利害女人，害怕起来，想今天还是回家罢，就起身说："李太太——"

爱默如梦乍醒道："颐谷，我正要问你，你爱我不爱？"

这句突兀的话把颐谷吓得呆呆的，回答不上来。

爱默顽皮地说："你别以为我不知道呀！你爱着我。"

怎样否认这句话而不得罪对方，似乎还没有人知道。颐谷不明白李太太问的用意，也不再愿意向她诉说衷情，只觉得情形严重，想溜之大吉。

爱默瞧第二炮也没打响，不耐烦道："你说呀！"

颐谷愁眉苦脸，结结巴巴道："我——我不敢——"

这并不是爱默想像中的回答，同时看他那为难样子，真教人生气，不过想到建侯的事，心又坚决起来，就说："这话倒有趣。为什么不敢？怕李先生？你看李先生这样胡闹。说怕我罢，我有什么可怕?你坐下来,咱们细细地谈。"爱默把身子移向一边,让出半面沙发拍着叫颐谷坐。爱默问的用意无可误解了,颐谷如梦忽醒,这几天来魂梦里构想的求爱景象,不料竟是这么一回事。他记起陈侠君方才的笑声来,建侯和那女孩子的恋爱,在旁人眼里原来只是桩笑话!一切调情、偷情,在本人无不自以为缠绵浪漫、大胆风流,而到了局外人嘴里不过又是一个暧昧、滑稽的话柄,只照例博得狎亵的一笑,颐谷未被世故磨练得顽钝,想到这里,愈加畏缩。

爱默本来怒气勃勃,见颐谷闪闪躲躲,愈不痛快,说:"我请你坐,为什么不坐下来!"

颐谷听了命令,只好坐下。刚坐下去,"啊呀!"一声,直跳起来,弹簧的震动把爱默也颠簸着。爱默又惊又怒道:"你这人怎么一回事?"

颐谷道:"淘气躲在沙发下面,把我的脚跟抓了一把。"

爱默忍不住大笑,颐谷咕嘟着嘴道:"它抓得很痛,袜子可能给抓破了。"

爱默伸手把淘气捉出来,按在自己腿上,对颐谷说:"现在你可以安心坐了。"

颐谷急得什么推托借口都想不出,哭丧着脸胡扯道:"这猫虽然不是人,我总觉得它懂事,好像是个第三者。当着它有许多话不好讲。"说完才觉得这句话可笑。

爱默皱眉道:"你这孩子真不痛快!好,你捉它到外面去。"把淘气递给颐谷。淘气挣扎,颐谷紧提了它的颈皮——这事李太太已看不入眼了——半开书房门，把淘气扔出去，赶快带上门，只听得淘气连一接二地尖叫，锐利得把听觉神经刺个对穿，原来门关得太快，夹住了它的尾巴尖儿。爱默再也忍不住了，立起来顺手给颐谷一下耳光，拉开门放走淘气，一面说："去你的，你这大傻瓜！"淘气夹着创痛的尾巴直向里面窜，颐谷带着热辣辣的一片脸颊一口气跑到街上，大门都没等老白来开。头脑里像舂米似的一声声顿着："大傻瓜！大傻瓜！"

李太太看见颐谷跑了，懊悔自己太野蛮，想今天大失常度，不料会为建侯生气到这个地步。她忽然觉得老了，仿佛身体要塌下来似的衰老，风头、地位和排场都像一副副重担，自己疲乏得再挑不起。她只愿有个逃避的地方，在那里她可以忘掉骄傲，不必见现在这些朋友，不必打扮，不必铺张，不必为任何人长得美丽，看得年轻。

这时候，昨天从北平开的联运车，已进山东地境。李建侯看着窗外，心境像向后飞退的黄土那样的干枯憔悴。昨天的兴奋仿佛醉酒时的高兴，事后留下的滋味不好受。想陈侠君准会去报告爱默，这事闹大了，自己没法下台。为身边这平常幼稚的女孩子拆散家庭，真不值得！自悔一时糊涂，忍不住气，自掘了这个陷阱。这许多思想，搀了他手同看窗外风景的女孩子全不知道。她只觉得人生前途正像火车走不完的路途，无限地向自己展开。

灵　感

　　有那么一个有名望的作家，我们竟不知道他的姓名叫什么。这并非因为他是未名、废名、无名氏，或者莫名其妙。缘故很简单：他的声名太响了，震得我们听不清他的名字。例如信封上只要写："法国最大诗人"，邮差自会把信送给雨果；电报只要打给"意大利最大的生存作家"，电报局自然而然去寻到邓南遮。都无须开明姓名和地址。我们这位作家的名气更大，他的名字不但不用写得，并且不必晓得，完全埋没在他的名声里。只要提起"作家"两字，那就是他。

　　这位作家是天才，所以他多产；他又有艺术良心，所以他难产。文学毕竟和生育孩子不同，难产并未断送他的性命，而多产只增加了读者们的负担。他写了无数小说、戏曲、散文和诗歌，感动、启发、甄陶了数不清的中学生。在外国，作品销路的广狭，要由中产阶级的脾胃来支配。我们中国呢，不愧是个诗书古国，不讲财产多少，所以把中学生的程度和见识作为作品的标准。只有中学生，这些有头脑而尚无思想、喜欢听演讲、容易崇拜伟人、充满了少年维特的而并非奇特的烦恼的大孩子，才肯花钱买新书、订阅新杂志。至于大学生们，自己早在写书，希望出版，等人来买了。到了大学教授，书也不写了，只为旁人的书作序，等人赠阅了。比大学教授更高的人物连书序也没工夫写，只为旁人的书封面题签，自有人把书来敬献给他们了。我们这位作家学到了成功秘诀，深知道中学生是他的好主顾。因此，他的全部作品可以标题为："给不大不小的读者"；或者："给一切青年的若干封匿名欠资信"——"匿名"，因为上面说过，不知道他的姓名；"欠资"，因为书是要青年们掏腰包买的。他能在激烈里保持稳健，用清晰来掩饰浅薄，使糊涂冒充深奥。因为他著作这样多，他成为一个避免不了的作家，你到处都碰得见他的作品。烧饼摊、熟食店、花生米小贩等的顾客常常碰到他戏剧或小说的零星残页，意外地获得了精神食粮。最后，他对文学上的贡献由公认而被官认。他是国定的天才，他的代表作由政府聘专家组织委员会来翻译为世界语，能向诺贝尔文学奖金候选。这个消息披露以后，他的一位崇拜者立刻在报纸的《读者论坛》里发表高见说："政府也该做这事了！不说别的，他的书里有那么多人物，总计起来，可以满满地向一个荒岛去殖民。现在因战事的影响，人口稀少，正宜提倡生殖，光就多产这一点，他该得国府奖励，以为同胞表率。"

不幸得很，世界语并不名副其实地通行于全世界。诺贝尔奖金的裁判人都是些陈腐得发霉的老古董，只认识英、法、德、意、俄等国语言，还有希腊文和拉丁文，偏没有人懂世界语。他们把夹鼻老花眼镜，擦了又擦，总看不明白我们这位作家送来审查的杰作。好半天，有位对于"支那学"素有研究的老头子恍然大悟道:"是了!是了!这并非用欧洲语言写的,咱们搅错了!这是中国语文,他们所谓拉丁化的汉字,怪不得我们不认识。"大家都透口长气,放了心。和"支那学"者连座的老头子问他道:"你总该认识中文的,它这上面讲些什么?""支那学"者严肃地回答:"亲爱的大师,学问贵在专门。先父毕生专攻汉文的圈点,我四十年来研究汉文的音韵,你问的是汉文的意义,那不属于我的研究范围。至于汉文是否有意义,我在自己找到确切证据以前,也不敢武断。我这种态度,亲爱的大师,你当然理解。"主席的老头子瞧"支那学"者脸色难看,忙说:"我想,我们不用考虑这些作品,因为它们根本不合规则。按照我们奖金条例,必须用欧洲语言中的一种写作,才能入选,这些东西既然是中文写的,我们不必白费时间去讨论。"其余的老头子一致赞同,并且对"支那学"者治学态度的谨严,表示钦佩。"支那学"者马上谦逊说自己还比不上获得本届诺贝尔医学奖金的美国眼科专家,只研究左眼,不诊治右眼的病,那才算得一点儿不含糊。君子礼让的气氛中,诸老尽欢而散。只可怜我们这位作家的一腔希望!

　　奖金人选发表以后,据说中国人民全体动了义愤,这位作家本人的失望更不用提。有好多他的同行朋友,眼红地羡慕他,眼绿地忌妒他,本来预备好腹稿,只等他获得奖金,就一致对他的作品公开批评,说他不是理想人选。这些人现在都表示同情,大声地惋惜,眼睛的颜色也恢复了正常,也许由于同情之泪的洗涤,有一种雨过天青的明朗。一家报纸的社论大骂诺贝尔奖金的主持人"忘本";因为老诺贝尔在炸药上发了大财,而我们中国是世界上首先发明火药的国家,这奖金原该给中国人的,希望主持者对这点加以注意。那位"支那学"者还没研究到汉字的意义,所以这篇有力量的文章只等于白写。另一家报纸异想天开,用贺喜的方式来安慰这位作家,说他一向是成功的作家,现在又可以算是负屈的天才,被漠视、不得公平待遇的大艺术家:"成功和负屈,两者本来是对抗地矛盾的;但是他竟能一身兼备,这是多么希罕可羡的遭遇!"第三种报纸提出一个实际建议:"借外债不失为有利的政策,但是领外国人的奖赏是一种耻辱。为争回国家体面起见,我们自己该设立文学奖金来抵制诺贝尔奖金,以免丧失文艺批评的自主权。这奖金的根本条件是,惟有用中国各种方言之一写作者,才得入选;所谓中国方言,包括上海和香港人讲的英文,青岛人讲的日文,哈尔滨人讲的俄文。有了这奖金以后,诺贝尔奖金就不算希罕。欧美作者自然努力读写中文,企图获得我们的奖金,中国五千年的文化也从此深入西洋了。诺贝尔奖金是私人名义的,所以这奖金也该用私人名义。譬如我们这位大作家为什么不采取上述的报复策略,贡献些版税和稿费来设立这个奖金呢?"第四种报纸的编辑不但实际,并且流露出深刻的心理观察。他以为文学是应当提倡的,不过肯出钱提倡文学的人,也该受到奖励;所以,要资本家给文学奖金,我们该先对若干资本家嘉奖,以资鼓励,钱的数目不必大,只要略表意思,好在资本家并不在乎,"我们这位大作家肯带头做个榜样么?"谁知道这些善意良言断送了我们这位的性命!

他知道了奖金的确实消息,就气得卧床生病。同胞们代抱不平，稍稍替他出了些气。他一面等看报纸上帮自己说话的文章，一面想该赶快口述一篇采访自己的谈话记，送去发表。报上关于他的消息照例是他本人送去的，常常有意在记载里点缀些事实错误，一来表示出于旁人手笔，二来可以再来个更正，一桩小事能使他的大名两次见报。他心上正在盘算着怎样措词，偏偏接二连三看到上面所说的社论。第一篇已经恼了他，因为他想，这是自己私人的财产损失，一牵上国家民族等大题目，就把个人的形象比衬得渺小了。他一眼瞧见第二篇的标题是向自己贺喜，生气得把报纸一撕两半。他勉强捺住火，看完第三篇，背上像浇了冰水。读到第四篇的结句，他急得昏厥过去。

那天晚上，他病榻前立着不少男男女女，来问病的团体代表、报馆采访和他的崇拜者。除掉采访们忙在小本子上速写"病榻素描"以外，其余的人手里都紧握一方准备拭泪的手巾，因为大家拿准，今天是送终来了。有几位多情善感的少女读者，心里还怙惼着，怕一方小手帕不够用，仅能遮没夹肢窝的旗袍短袖不像男人大褂的袖子，可以补充应急。我们这位作家抬眼看见病榻前拥挤的一大堆人，还跟平时理想中临死时的情景符合；只恨头脑和器官都不听命令，平时备下的告别人世的一篇演说，此刻记不全也说不清。好容易挣扎出："我的作品……将来不要编全集……因为……"他想说的句子也许太长，至少他余下的生命太短，不容许他说完。许多人竖起像猎狗般的耳朵，失望地像猪耳朵般下垂。出来以后，大家热烈辩论他不要编全集的理由。有人说，这因为他作品太多，竭力搜罗也收集不全。也有人说，他一定还有许多小说、剧本没有写出来,已印行的作品不够表示他的全部才华。这两派的争论成为现代中国文学史里最有趣的一章。一位批评家在追悼会上激昂地说:"他的精神是不死的,他的杰作永远存在,是他给我们最宝贵的遗产!"一个小读者私下舒一口气说:"他的身体总算是死定了!他不会再出版新书,否则我真要破产了!"这位读者的书都是花钱买的,那位批评家所有的书当然是作者签名赠送的。

我们这位作者一灵不昧,觉得死倒也不错;精神轻松,仿佛在身体燥热时,脱去一件厚重的外衣,身上本有的病痛,也像衣缝寄生的蚤虱,随同衣服解除。死是死了,死后境界不知怎样。像自己这样对社会和文化大有贡献的人,天堂早该派代表来欢迎招待才对,难道天堂真出于迷信,并没有那么回事么?为了安置自己,也得加工赶造一所呀!不过,老住在天堂里也怪乏味的。除非像摩罕默德安排下的天堂,那里可以占有七十二位随时随意恢复处女状态的美人,空中成群飞着脆皮的烤鹅和烤鸭,扑到嘴边来挨吃,那还有点意思。只恨写作过勤,常发肠胃病,多吃了烧烤怕反而害事,鸭子的脖子上想来不会也挂着一瓶"胃去病"、"若素"或者"清快方便丸"的。女人的数量也似乎太丰富了,一时享受不了那许多。假使七十二人相貌各各不同,个人的审美标准总有局限,难保不偏宠了谁,结果争风吃醋;应付不了两个吵嘴女人的他怎吃得消七十二位像泡菜那样又酸又辣的娘儿们?看来这七十二个狐狸精(Houris)是一个模子里刻出来的,都是黑头发,黑眼睛,水蛇腰,相貌没有丝毫两样。试想,老守着一个女人还嫌单调，这一个女人用乘法变了七十二倍……他吓得不敢再想下去。文人讲恋爱，大半出于虚荣，好教旁人惊叹天才吸引异性的魔力。文人的情妇只比阔人的好几辆汽车、好几所洋房，不过为了引起企羡，并非出于实际的需要。既然进天堂的每个人都有地煞星数目的女人，自己在性生活方面没法摆阔。借此积累点抒情诗和忏悔录的资料呢，那倒不错，只不知天堂里有人看书么?自己去了也许可以开读书的风气，又何妨带几本作品去送人呢?因此，我们的作家蹩进了他的书房。

他踏进书室，觉得脚下有些异样。地面好像饿空的肚子给石块压得要陷下去，还在鼓气挣扎着掀上来。原来书架上自己的著作太多了，地载不起这分量。看来地的面子有些保不住，渐渐进出裂纹。他赶快抢架子上的书。谁知道"拍"的一声，地面裂开了一个大口子。架上的书，大的小的，七零八落地掉进地洞;他立脚不住，在崩塌的动力下，从乱书罅缝里直陷下去。他抱着胸脯，缩着脖子，变成了一切书冲撞的目标，给书砸痛了头，碰伤了肩膀，擦破了皮肤。他这时候才切身认识自己作品的势力多么重大，才懊恨平日没有抑止自己的创作冲动，少写几本书，每本书少写几万字。好容易，书都在身子前后左右摩擦过去了，遍体伤痕，一个人还是在无底的昏暗里跟着这书阵的尾梢飘降。心里益发慌张，想这样沉下去，岂不通过地心，把地球跌个对穿。忽然记起在小学时读的地理，地壳子那一面就是西半球，西半球就是美洲。美国是一切旧大陆作家的金银岛，不成功的人到那里可以成功，成功的人到那里可以收获。每个作家都该去游历、演讲，为作品开辟市场，替美国人减少些金元的负担，替本国挽回些在洋货上外溢的利数。一跌直到美国，那是第一妙事，又爽快，又新鲜，又免得坐飞机、坐船出事故的危险。他想到这里，身子愈低降，心气愈高昂。感谢天道毕竟有知，没亏负一生的苦干。原来好作家的报应，是跌坐到美国去，不是升天堂！俗语说"一跤跌在青云里"，真有这一回事。

　　他正自我陶醉着，身子忽然碰得震荡一下，停止下降，居然没摔痛。爬起来看，原来是一间大屋子，壁上挂有地图。他从屋顶破裂处掉进来，他的书把地面铺得又软又厚，不致跌伤筋骨。他方才懊悔写的书太多太厚，现在欣幸书多书厚很有用处。只是砸破了人家屋顶怎么办？脚下的书忽然掀动起来，掀倒了他。门外冲进许多穿制服的人，拉他下了书堆，把书搬的搬，扔的扔，踢的踢，从书底下扶起一位压得头肿脸青的大胡子。这时屋里的陈设也露出来了，是一间讲究的个人办公室。穿制服的人有的替那胡子拍灰，拉衣服，有的收拾屋子，把翻倒的桌子和椅子整理好。作者一瞧这种官僚气派，惶恐得不得了，怕冒犯了一位要人。那胡子倒客气地对他说："随意坐罢。"又吩咐手下人都出去。作者才注意到那人绕嘴巴连下巴的胡子，又黑又密，说的话从胡须丛里渗出来，语音也仿佛黑漆漆、毛茸茸的。

　　"先生的大作真是'一字千斤'哪！"那胡子也坐下来，抚摸头上的包，说时苦笑，他的胡子妨碍着笑容的发育完全。

　　我们的作者看见胡子不但不和自己为难，反而恭维"一字千金"，胆子立刻壮起来，傲然说："没有那么贵。我先请问，贵处是不是美国?折合美金,我的稿费并不算贵。"

"这儿不是美国。"

"那么,这是什么地方?"

"敝处就是世上相传的地府。"

作者慌得跳起来说:"岂有此理!我自信一生为人不该有这样的果报,到地狱来受苦!"

胡子挥手劝他坐下,说:"这一点,先生不用过虑,地狱早已搬到人间去了。先生忙于著述,似乎对最近的世界大势不很了解。唉!这也难怪。"

作者想对话者一定就是阎王了,怪不得他敢留那样威风的胡子,忙从刚坐下的位子上站起,说:"地皇陛下,恕我冒昧……"说时深深地像法国俗语所谓肛开臀裂地弯腰鞠躬(saluer á cul ouvert)。

那胡子哈哈笑道:"先生错了!我给你的书压得腰和背还隐隐酸痛,恕我不便还礼,生受你这一躬到底了。这儿虽是从前的地府,我可不是什么退位的末代皇帝,也不是新任的故宫博物院院长。照例,帝制取消,宫殿该改成古物保管所,只是十八层地狱里所有的古物都是刑具。人类几千年来虽然各方面大有进步,但是对于同类的残酷,并未变得精致文雅。譬如特务机关逼取口供,集中营惩戒俘虏,都保持野蛮人粗朴有效的古风。就把中国为例,在非刑拷打里,你就看得到古为今用的国粹,鼻孔里灌水呀,火烙夹肢窝呀,挼指头呀,以及其他'本位文化'的遗产。所以地狱原有的刑具,并非过时的古董,也搬到人间世去运用了。这里是'中国地产公司',鄙人承乏司长。"

作者正后悔自己的大礼行得冤枉,听见胡子最后一句话,又发生兴趣,想我有天才,他弄地产,这倒是天造地设的妙对。就问道:"地皮当然值钱啦,可是这儿是地心,会有人来交易么?想来是地皮给贪官污吏刮光了,所以你们这种无孔不入的商人,随着战时掘地洞躲空袭的趋势,钻到地底下来发利市了。"

那司长不动声色说:"照你那么说,'中国地产公司'是要把中国出卖给人了。主顾当然不少,可是谁出得起这无价之宝的代价呢?假使我是地道的商人,我咬定要实实在在的利益,一不做亏本生意,二不收空头支票。所以,中国这笔买卖决不会跟任何人成交,也决不会像愚蠢的政治家把中国零售和批发。你完全误解了我们名称的意义。我们是专管中国地界里生产小孩子的机关。地狱虽然迁往人间,人总要去世的,灵魂投胎转世,六道轮回该有人来管呀。一切中国地面上生育的人和动物都归我们这儿分派。"

"为什么叫'公司'呢?"

"这'司'字是传统称呼,阴间不是原有'赏善司''罚恶司'么?所以鄙人的头衔是司长,不是经理。'公'字呢,那无非表示本机关办事的公平、公正,决不纳贿舞弊,冤屈好人错投了胎。我这一部又黑又浓的胡子就是本司办事精神的象征。"

"我明白这是双关,"作者自作聪明说,"有胡子的是老公公,因此司长的美髯可算是大公无私的表现。"

"先生敏锐的心思又转错了弯了!这是你们文人的通病吧?

号称'老公公'的不必要有胡子,从前的太监不就叫'老公公'么?先生总知道西洋大法官的标识,是头上戴的白假发。人世间风行的那些讲中国文明而向外国销行的名著,先生想也看过些。咱们的国家、人民、风俗、心理不是据说都和西洋相反么?咱们是东方民族,他们偏要算西方民族;咱们是中国人,他们老做外国人;咱们招手,手指向下,他们招手,硬把手指朝上;咱们敬礼时屈膝,他们行敬礼反而举手;他们男人在结婚前向女人下跪求爱,咱们男人在结婚后怕老婆罚跪;一切的一切,你瞧多别扭!以此类推,咱们爱面子,他们就不要脸;咱们死了人穿白,他们死了人带黑;他们的公正官吏头戴白假发,我们这里主持公道的人下巴该培养天然的黑胡子。这样我们才不破坏那些比较东西文明的学者们归纳出来的规律,也表示除掉这一把胡子的颜色永远是漫漫长夜,此外天下就没有'不白'的冤枉事!"

司长胡子飘扬,讲得十分有劲,须缝里溅出口沫。我们的作者边听边打主意。公正的人最讨厌,最不讲情面,要是听他安排,怕到不了美国,早溜一步为妙。他起身含笑告辞:"今天兄弟不小心,书架塌下来带累贵处,又妨害了先生的公事,真是抱歉得一言难尽。不过,借此认识了先生,听到许多高论,这也是意外奇缘,哈哈。兄弟将来写回忆录,一定把贵司大大表扬一下。兄弟不再耽搁了,请吩咐贵下人把掉下来的拙作搬进来。我想挑一两种签字送给先生,一来留个纪念,二来有鄙人签名的书,收藏家都会出重价抢买,就算赔偿贵处房屋的修理费。"

"那不消费心。可是先生既来,不能随便去。"司长说时,捋着胡子,安坐不动。

"为什么不能?"作者怒冲冲地质问。"你手下人敢拦我? 你知不知道我是天才? 我并非有意跟你们捣乱,我这一次的堕落完全是意外的、偶然的。"

"天下就没有偶然,那不过是化了妆、戴了面具的必然。阳世间人死后都到我这儿来,各有各的来法。可是,这不同的来法根据一条不偏不颇的定律:'作法自毙,请君入瓮。'一辈子干什么事,临死就在那事上出个岔子,叫他投到。你是作者,所以你的书压破了地,你跟随它们下来。今天早晨,有位设计卫生设备的工程师的灵魂,你猜他怎么来的? 他掉在抽水马桶里,给什么莽撞人直抽下来! 我这屋顶常常或破或漏,我自己有时给打痛了头,有时淋了一身脏水。不过,为公家办事,吃苦是应该的。"

"那么,你想派我做什么呢?"

"这个,我还在考虑。你生前消耗了大量墨水,照例我该派你来世做乌贼鱼,吐墨水。可是你又糟蹋了不少的纸,你该投胎变羊,供给羊皮纸的原料。你当然也在写作生活里用退了无数笔锋,这样,我得派你做兔子、耗子或者还是羊。然而你是新作家,毛笔在你手里好像外国人手里的中国筷子。你常用的是钢笔尖和自来水笔的白金笔头,我不知道什么生物身上出这两种金属。万不得已,只能叫你转世做个大官,他心肠里和脸皮上也许可以刮下些钢铁。白金呢,好在白金丝发、蓝宝石眼睛的女人是现成的典型人物。最后,按照你藏头露尾、用好几个笔名投稿的习惯,你该来生做个累犯盗案遭通缉的积贼,非得常常改姓换名不可。不过,你只有一条命,总不成一身又是女人,又是男子,又是墨鱼,又是白兔子呀!所以——喂,你走不了!门外有人在等着你,跟你算账。"

我们的作者听那胡子愈说愈不像话,正要拉开门直向外跑,又停下来回头冷笑道:"什么!跟我算账!哈哈!司长先生,你笑我不知道'最近世界大势',那句话让我原璧奉还。你以为现代的天才还是潦倒穷酸不善理财的梦想者,一头长发、一屁股债么?你还中着浪漫主义的余毒,全没有认识现实生活呢!我们不是笨人,了解经济在生活里的重要,还怕自己不够精明,所以雇用了经纪人和律师来保障我们的利益。大宗的版税和稿费,我们拿来合股做买卖。当然有许多文化人是名副其实的斯文叫化,我可是例外哪!我临死的时候,就有几个剧本的上演税没收到,几本小说的版税没领,几千股股票没有脱手,一家公司的本期利息没领出。只有我向人家讨债,哪有人和我算未清的账目!你这话想哄谁?"

"先生善于抓住现实——我的意思是抓住现款和实利,那不消说。门外那些人也并非来算银钱的账,他们向我告你的状。"

"告我什么?大不了是诽谤、抄袭,或是伤害风化。文人吃官司不外这三种缘故。"——作者深知道,文人不上公堂对簿,不遭看管逮捕,好比时髦女人没有给离婚案子牵涉出庭,名儿不会响的。

"告你谋财害命。"这后面四个字胡子说得好像在钢铁模型里铸出来的。

作者吓呆了。过去几十年的生活。瞬息间在心上纤悉不遗地瞥过，全没有那一回事。只有一时期作品里曾经宣传革命，也许少年人傻气，经不起煽动，牺牲了头颅和热血。这上面难保不造孽。那时候，自己想保人寿险，太太要生孩子，都非钱不行呀！为自己的寿命跟老婆儿子的生命起见，间接地用作品害了人的性命，那也不算什么。何况那许多志壮气盛的孩子视死如归，决不会后悔，向自己倒搬账。他胆子又壮起来，"哼"了一声，拉开办公室门，身子还没全出去，只听四面叫喊："还我命来！"

院子里挤满了人，直溢出大门以外。穿制服的仆役在走廊的阶石上拦住这群人，不许他们冲进办公室来。胡子拍作者的肩说："事已如此，你总得和他们对个是非了。"两人在办公室门前站住。那群人望见作者，伸着双手想涌上来，不住地喊："还我命来！"人虽然那么多，声音却有气无力，又单薄又软弱，各自一丝一缕，没有足够的黏性和重量来合成雄浑的呐喊。作者定睛细瞧，有男有女，有老有少，富的贫的，各色人都全。每人害大病似的，无精打采，身子不结实，虚飘飘地不能在地上投一个轮廓鲜明的影子。他们向自己伸出的手，都微颤着，仿佛悲愤时强自抑制的声音。这种人有什么可怕！他们中间有缠小脚的老婆婆，有三五岁的小孩子，有一团邪气（虽然这气像泄了）的女人，决不会是受他影响而革命的烈士。除非——除非他们的命被志士们革掉了，所以追究到他身上。他们压根儿该死，有什么可怕！作者雄赳赳上前一步，咳声干嗽，清一清嗓子，说："别吵呀！你们认错了人罢！我一个都不认得你们，一个都不认得。"

"我们认得你!"

"那当然,自己全不知道的人却知道自己,这就是名气。你们认识我,有什么用?问题是,我不认识你们呀。"

"你不认识我们!你别装假!我们是你小说和戏曲里的人物,你该记得罢?"说着,大家挨近来,伸长脖子,仰着脸,叫他认,七嘴八舌:"我是你杰作《相思》的女主角!""我是你名著《绿宝石屑》里的乡下人!""我是你大作《夏夜梦》里的少奶奶!""我是你奇书《落水》里的老婆婆!""我是你剧本《强盗》里的大家闺秀!""我是你小说《左拥右抱》里的知识分子!""我是你中篇《红楼梦魇》里乡绅家的大少爷!"

作者恍然大悟说:"那末咱们是自己人呀,你们今天是认亲人来了!"

"我们向你来要命。你在书里写得我们又呆又死,生气全无;一言一动,都像傀儡,算不得活泼泼的人物。你写了我们,没给我们生命,所以你该偿命。"

一个面目模糊的女人抢先说:"你记得我么?只有我的打扮,也许还多少表示我是你书里什么样的角色。你要写我是个狠心美貌的女人,颠倒、毁灭了不知多少有志的青年。可是你笔下写出来的是什么?既不是像人的女人,又不是像女人的人,没有可能的性格,留下不清晰的相貌。譬如你说我有'水淋淋的大眼睛',又说我有'锐利得能透视灵魂的目光',吓!真亏你想得出!又滴水,又尖利,我的眼睛又不是融雪天屋檐上挂的冰棱!你描写我讲话'干脆',你听我的嗓子是不是干得要裂,脆得要破?你耽误了我的一生,现在怎么办哪?"

旁边一个衣冠端正的老头子上气不接下气说:"我在你的书里一出世就老了,那倒不算什么。可是老人该有老人的脾气啊,像我这种身体,加上这一把年纪,还有兴致和精力来讨姨太太,自寻烦恼么?你这人呀!不但不给我生命,并且糟蹋我的第二生命——名誉。我又没有老命来跟你拼;好容易今天碰到你,我先向你要了命,然后跟你拼——"老头子太紧张了,一阵呛,说不下去。

一个黑大汉拍老头子的肩,说:"老家伙,你话也说得够啦,让我来问他。喂,你认不认得我?我就是您笔下写的粗人,您看我像不像哪?短褂子,卷上袖口,动不动拍着胸脯,开口'咱老子',闭口'他妈的'。您书里说我'满嘴野话','咱老子'和'他妈',两口儿不就合成一家么?'野'在哪里?我是你笔下的粗人,按理,我得先给你几个耳刮子,再来算这笔账,可是,天哪!你打我耳刮子,我也没有气力还手。你说可怜不可怜!"

这时候角色都挤上来讲话,作者慌得也没工夫欣幸,假如自己真写成一个生龙活虎的粗人,今天就免不了挨打。还有几个角色直接向司长呼吁,要求他快把作者定罪处罚。司长微笑道:"这事虽比不上留声机的唱片,咱们也得两面都听听呀!作者先生,你对他们的一面之词,有什么答复?"

作者急出主意来了,对阶下的群众说:"你们讲的话,也有片面的理由,但是,没有我,哪来你们呢?我是产生你们的,算得你们的父亲。'天下无不是的父母',为人不要忘本,你们别跟我为难。"

司长捻着胡子冷笑。

一个男角色怒叫道："你在书里写我闹家庭革命，为理想逼死老子，现在又讲起孝顺来了？"

一个女角色抿着嘴笑道："你是我爸爸，那末妈妈呢？"

另一个不男不女的角色声泪俱下说："我只知道'母亲之爱'，伟大、纯洁的'母亲之爱'。我在你的书里，从不觉得父亲有存在的必要。"

一个中年人说："养活孩子的父亲还不能博得儿女们的同情，何况你是靠我们养活的。你把我们写得死了，你可以卖稿子生活，这简直是谋财害命，至少也是贪图遗产。所以，我们该是你的衣食父母。"

那老头子听了点头赞叹说："这才像句话。"

那粗人指着自己鼻子说："咱老子！"

那都会女人扭着身说："'父母'的'母'？我可不爱做。年轻人也可以养活老人。反正为父亲而牺牲自己身体的年轻姑娘，有的是。"

一个意料不到的洪大的声音在人堆里叫："我总不是你产生出来的！"把一切声音都镇下去。

作者一看，喜出望外。说话的人非别，是比自己早死几天的一位提倡文化事业的资本家，生平最要好的朋友。这位资本家原是暴发财主的儿子，少年有志，嫌恶家里发财的时期太短，家里的钱还刺眼地亮、刺鼻地臭。他父亲也有同感。于是老子一心和绅士、官僚结交，儿子全力充当颓废派诗人，歌唱着烟、酒、荡妇，以及罪恶。他相好的女人有一把；抽的烟、喝的酒的各种牌子也凑得成国际联盟，只是什么罪恶也没有犯过，除了曾写过几首非由自出的自由诗。一天，他和情妇上饭馆，忽然注意女人的口红老是拌着饭和菜同吃下肚去，所以一顿饭吃完，嘴唇也褪了颜色，非重涂不可。遗传的商业本能在他意识里如梦初醒，如蛇起蛰。他不做颓废诗人了，改行做大企业家，把老子的钱来开工厂。这工厂第一种出品就是"维他命唇膏"。这个大发明的功效，只有引他的广告部主任的妙文来形容："美容卫生，一举两得"；"从今以后，接吻就是吃补药"——下面画个道士装的少年人搂着一个带发尼姑似的女人，据说画的是贾宝玉吃胭脂。"充实的爱情！"——下面画个嘻开嘴的大胖子，手搀着一个咕嘟着嘴的女人，这嘴鼓起了表示上面浓涂着"维他命补血口红"。这口红的化学成分跟其他化妆的唇膏丝毫没有两样，我们这位企业家不过在名称上轻轻地加上三五个字，果然迎合了一般人爱受骗的心理，把父亲给他的资本翻了几倍。他又陆续地发明了"补脑益智生发油"，"鱼肝油口香糖"，细腰身女人吃了不致发胖的特制罐头"保瘦肥鸡"。到四十岁，财发够了，他旧情未断，想起少年时的嗜好，赞助文学事业。

他和我们这位作者一见如故，结下了生死交情。资本家五十生日，作者还征集稿件庆祝呢。他现在看到朋友，胆子大壮，招手说："你来得正好！快帮我分辩一下。"

"分辩！"资本家鼻孔里出冷气说："我也要向你算账呢！"

作家惊惶失措说:"唉!咱们俩怎翻起脸来了!你五十生辰那一天,我不是还为你在报纸副刊上出个庆祝专号,写了几千字的颂词,把你大捧特捧么?谁知道你多喝了酒,当天晚上就得急病死了!我没有能和你诀别,正引为憾事,今天不期而遇,大家都该高兴,你为什么翻面无情?"

"吓!我的命就害在你手里,还说什么交情!你的副刊简直就是讣刊,你的寿文送了我寿终正寝,你捧我真捧上了西天。你不知道自己多利害,你的笔是刀笔,你的墨水等于死水,你的纸赛得阎罗王出的拘票。不但你小说、剧本里的人都是木雕泥塑的死东西,真正的活人经不起你笔下一描写叙述,也就命尽禄绝。假使你不写那篇文章,我还有好几年的寿命呢。你试想你那篇文章的颂赞,像不像追悼会上讲死人的好话?我哪里当得起这种恭维!把我的福分都折尽了!我在这里专等你来讨命。"

作者听他数说时,忽然起一个不快意的念头,梗在心中,像胃里消化不了的硬东西。临死以前,刚写了一个自传,本来准备诺贝尔奖金到手后出版的。照那资本家的说法,一到自己笔下,人物休想活命,那末自己这一次并不是气死的,致命原因怕就是那部自传了。千不该,万不该,不该有这样一支杀人不见血的笔,不该自杀地写什么自传,真是后悔无穷!且慢,好不傻!事到如今正好将错就错,打发了这些讨命鬼再说,就对群众道:"既然如此,我已经恶贯满盈,自食其报,偿过你们的命了。我不是写自传么?这不等于自杀?算了,算了!咱们大家扯个直,我也不亏你们什么。"

那些人一齐叫起来："好便宜！你的死哪里算得自杀？好比贪嘴吃河豚，中了毒送命，那算不得厌世。我们还是向你要命！要命！"

作者慌得搓着手，在地上转，喃喃自语说："这可真要了我的命！"

胡子说："现在我可以判决了。我想派你投生到——"

作者向他鞠躬行礼说："司长先生，我请求你先听我一句话。我这辈子尝够了文学生活的味道，本来妄想来生享受些人世间的荣华富贵，现在我不指望了。我自知罪孽深重，求你从轻发落，按照自作自受的原则，罚我来生还做个作者罢。"

胡子惊奇道："还做作者？你不怕将来又有人向你要命么？"阶下的人也都睁大了眼睛，不相信自己的耳朵。

作者解释道："我只翻译，不再创作，这样总可以减少杀生的机会。我直译原文，决不意译，免得失掉原书的生气，吃外国官司。譬如美国的时髦小说 Gone With the Wind，我一定忠实地翻作'中风狂走'——请注意，'狂走'把'Gone'字的声音和意义都传达出来了！但丁的名作，我翻作'老天爷开玩笑'。每逢我译不出来的地方，我按照'幽默'、'罗曼谛克'、'奥伏赫变'等有名的例子，采取音译，让读者如读原文，原书人物的生命可以在译文里人寿保险了。再不然，我不干翻译，只编戏剧。我专编历史悲剧，像关公呀，岳飞呀，杨贵妃呀，绿珠呀，昭君呀，有的是题目。历史上的人物原是已死的，悲剧里该有死人，经过这样加倍双料的死亡，总没有人会告我害他的命了。再不然，我改编沙士比亚。

这位同行前辈曾经托梦给我，说他戏里的人物寿命太长，几百年活得不耐烦了，愿意一死完事，请我大发慈悲，送他们无疾而终罢。他说这是他们洋人所谓'mercy killing'。他还恭维我'后生可畏'，向我打拱作揖，说'拜托拜托'呢。"

司长说："我自有好办法，大家听着。他作自传的本意虽然并非自杀，他为人祝寿的用心也不是要使人减寿。这两事可以抵消，他跟资本家之间就算扯个直了。他剥夺了书里人物的生命，这一点该有报应。不妨罚他转世到一个作家的笔下也去充个角色，让他亲身尝尝不死不活的滋味。问题是，这一类的作家太多了，我派他到谁的笔下去呢？有了，有了！阳世有一位青年人，正在计划一部破天荒的综合体创作，用语录体小品文的句法、新诗的韵节和格式、写出分五幕十景的小说。纸、墨、笔都预备好了，他只等着'灵感'，等他'神来'之际，我就向他头脑里偷偷送个鬼去。先生，"——胡子转脸向我们的作家道："先生，你去充当书里主人翁最好没有了！你是天才，你的那位后起者恰恰要在书里描摹天才的性灵和生活。"

书里一个角色哑声问："司长说的是'性灵和生活'？还是'性生活'？我没有听清楚。假如那青年作家注重在后者，岂不太便宜了我们这个公敌？"

胡子笑说："诸位放心。那个青年人传授了这位先生的衣钵，到他书里，你就不知死活，更谈不到什么生活。"

"赞成！""公正的司长万岁！"群众欢呼。我们这位作者提出最后无希望的抗议道："司长先生，我个人的利害，早已置之度外，逆来顺受，这一点雅量我还有。可是你不该侮辱文艺呀！那位青年等候'神来'。你偏派我的魂灵儿去'鬼混'，他要求的是'灵感'，不是'鬼迷'。你叫我受委屈可以，你要和崇高的文艺开恶毒的玩笑，那无论如何我不答应。文艺界同人知道了要动公愤抗议的。众怒难犯，还请三思。"

"神者，鬼之灵者也，"司长说，"先生当之无愧，这事不要紧。"作者听他通文，不知道是他杜撰的句子，以为出于权威性经典著作，哑口无言。在大众嗤笑声中，他的灵魂给一个穿制服的小鬼押送上路。

这位青年作家等候灵感，实实足足有三年了，从前储备的稿纸现在都涨不知多少倍的价了，一张空白稿纸抵得上一元花花绿绿的纸币，可是灵感左等不来，右等还不来，也许迷失了路，也许它压根儿不知道青年作家的住处。有一天青年人急智生，恍然大悟，要写处女作，何不向处女身上去找。所以我们这位作者的灵魂押送到的时候，青年正和房东的女儿共同探讨人生的秘密。押送的小鬼是个守旧派，忙别转了脸不窥看隐私。我们的作者在这生死关头，马上打定主意，想无论如何，总比送进那青年的脑子里好。他趁那小鬼不注意，飞快地向房东女儿的耳朵里直钻进去，因为那姑娘和那青年扭作一团，只有两只耳朵还畅通无阻。这样，他无意中切身证实了中世纪西洋基督教神学家对于童贞女玛利亚怀孕的解释，女人的耳孔是条受胎的间道（quae per aurem concepisti）。那青年丧失了书里的角色，那女孩子获得了肚子里的胎儿。他只好和她成为眷属，书写不出了，把写书的手笔来替丈人家开的杂货铺子记流水账。他惟一的安慰是：中国的老式账簿每行另起，一行写不到底，颇像新诗，而记账的字句，不文不白，也充得过亦文亦白的语录体。那押送小鬼回去了大受司长申斥，才认识到为了公事就得窥探私情。

据说，那孩子一生下地就笑，看见父亲，笑得愈有一种胜利的表情。亲戚们都说这孩子的命运一定大吉大利。直到现在，我们还猜不出这孩子长大了是否成为作家。

纪　念

　　虽然是高山一重重裹绕着的城市，春天，好像空袭的敌机，毫无阻碍地进来了。说来可怜，这干枯的山地，不宜繁花密柳，春天到了，也没个寄寓处。只凭一个阴湿蒸闷的上元节，紧跟着这几天的好太阳，在山城里酿成一片春光。老晴天的空气里，织满山地的忙碌的砂尘，烘在傍晚落照之中，给春光染上熟黄的晕，醇得像酒。正是醒着做梦、未饮先醉的好时光。

　　曼倩从日光留恋着的大街，转进小巷。太阳的气息早在巷里敛尽。薄暮的春寒把她警觉，才知道迷迷糊糊地已到寓处。路不知怎样走的，两腿好酸。高低不平的石子路，使她脚痛，同时使她担心；因为她穿的高跟鞋还是前年路过香港买的，她到内地前最后的奢侈品。她懊悔没有让天健为她雇了洋车回来。然而经过今天的事，她还能接受天健的献殷勤么？这不是对天健表示，他的举动获得自己事后的默许么？天健要这般解释的，他正是这种人！一面想着，曼倩疲乏地经过巷口人家，看见自己院子的那垛土围墙。在这砖瓦希罕的地方，土墙原是常事。但是比衬了邻居的砖墙石墙，这个不自知寒窘的土墙曾使它的主妇好多次代为抱愧。当初租屋时，曼倩就嫌这垛墙难看，屋主见她反对，愿意减少租金；就为这垛墙，这所屋反而租成了。到最近，她才跟土墙相安，接受了它的保卫。她丈夫才叔对于这粗朴的泥屏，不但接受，并且拥护、夸傲、颂赞——换句话说，不肯接受，要用话来为它粉饰。每有新到的朋友上门，她总听他笑呵呵说："这围墙看上去很古朴，住惯都市里洋房的人更觉得别有风味，所以我一看就中意。同巷孩子又多，邻居的白粉墙上给他们涂满铅笔字，还有画啦！可是我这泥墙，又黑又糙，他们英雄无用武之地。上次敌机轰炸以后，警察局通知市民把粉墙刷黑。我们邻居怕吃炸弹，拖泥带水，忙个不了。只有我这围墙是天然保护色，将就得过，省去我不少麻烦。否则，我们雇匠人来刷黑了，房东还是不肯认账，我们得掏自己腰包。邻居的围墙黑了不多时，你看小孩子又纵横倒竖用粉笔书画满了。只等于供给他们一块大黑板，真不上算！"说到此，客人当然加进去笑；假使曼倩陪着招待，她出于义务地也微笑。才叔只忘记提起，小孩子们因为他墙上无地下笔，便在他板门上大大小小的写了好多"徐寓"，多少仿着贴在门口高处红纸上他所写那两个字的笔意。这一点，新来的客人当然也不便补充。

曼倩推推门，雇用的本地老妈子在门里粗声大气地问："哪一个？"曼倩进来，顺口问："先生回来么？"老妈子答说还未。这是曼倩意料中的回答，然而曼倩今天听了，心上一阵宽舒。她惴惴地怕才叔已先在家，会问她到哪里去了。她还没想出怎样撒一个最经济而又极圆满的谎。当着他的面用话来骗他，比背了他做亏负他的事，似乎繁难得多。她明知近来本市一切机关为防正午有空袭起见，延到三点后开始办公，她丈夫要到上火后好半天才会回来。但是天下难保没有意外，因为她适才就遇到意外。真的，她今天午后跟天健相见，没准备有那样的收场。不错，她鼓励天健来爱慕自己，但是她料不到天健会主动地强迫了自己。她只希望跟天健有一种细腻、隐约、柔弱的情感关系，点缀满了曲折，充满了猜测，不落言诠，不着痕迹，只用触须轻迅地拂探彼此的灵魂。对于曼倩般的女人，这是最有趣的消遣，同时也是最安全的；放着自己的丈夫是个现成的缓冲，防止彼此有过火的举动。她想不到天健竟那样直捷。天健所给予她的结实、平凡的肉体恋爱只使她害怕，使她感到超出希望的失望，好比肠胃娇弱的人，塞饱了油腻的东西。假使她知道天健会那样动蛮，她今天决不出去，至少先要换过里面的衬衣出去。想到她身上该洗换的旧衬衣，她还面红耳赤，反比方才的事更使她惭愤。

曼倩到了家，穿过小天井，走进兼作客室和饭室的中间屋子，折入铺砖的卧房。老妈子回到灶下继续去煮晚饭；好像一切粗做的乡下人，她全不知道奶奶回来，该沏茶倒水去侍候。曼倩此刻也懒跟任何人对答。心上乱糟糟的，没有一个鲜明轮廓的思想。只有皮肤上零碎的部分，像给天健吻过的面颊和嘴唇，还不肯褪尽印象，一处处宛如都各自具有意识，在周身困倦感觉之外独立活动。旧式明角窗的屋子里，这时候早已昏黑。曼倩倒愿意这种昏黑，似乎良心也被着夜的掩庇，不致赤裸地像脱壳的蜗牛，一无隐遁。她也不开电灯，其实内地的电灯只把暗来换去黑，仿佛是夜色给水冲淡了。曼倩在椅子上坐定，走路的热从身子里泛出来,觉得方才和天健的事简直不可相信,只好比梦面上的浮雕。她想在床上和衣躺一会,定定神;然而她毕竟是女人,累到这样,还要换掉出门的衣服才肯躺下。这皮大衣快褪毛了,这衬绒旗袍颜色也不新鲜了。去年夏天以后,此地逐渐热闹。附随着各处撤退的公共事业,来了不知多少时髦太太和小姐,看花了本地人的眼睛。曼倩身上从里到外穿的还是嫁时衣,未尝不想添些时装。然而她陪嫁的一笔款子,早充了逃难费用,才叔现在的月入只够开销,哪有钱称她心做衣服呢?她体谅她丈夫,不但不向他要求,并且不让他知道。是的,结婚两年多了,她没有过着舒服日子。她耐心陪才叔吃苦,把骄傲来维持爱情,始终没向人怨过。这样的妻子,不能说她对不住丈夫。

应该说,丈夫对不住她。在订婚以前,曼倩的母亲就说才叔骗了她的宝贝女儿,怪她自己的丈夫引狼入室。曼倩的女伴们也说曼倩聪明一世,何以碰到终身大事,反而这样糊涂。但是哪一个母亲不事先反对女儿自由拣中的男人呢?哪一个女人不背后菲薄朋友们的情人呢?少年人进大学,准备领学位之外,同时还准备有情人。在强迫寄宿的大学里,男女间的隔离减缩了,而且彼此失掉家庭背景的衬托,交际时只认识本人。在学校里,这种平等社交往往产生家庭里所谓错配。何况爱情相传是盲目的,要到结婚后也许才会开眼。不过爱情同时对于许多学生并不盲目;他们要人爱,寻人爱,把爱献给人,求人布施些残余的爱,而爱情似乎看破他们的一无可爱,不予理会——这也许反证爱情还是盲目的,不能看出他们也有可爱之处。所以,男女同学不但增加自由配合的夫妇，并且添了无数被恋爱淘汰下来的过时独身者，尤其是女人。至少她们没有像曼倩肯错配了谁！

曼倩是个不甚活泼的慢性格儿。所以她理想中的自己是个雍容文静的大家闺秀。她的长睫毛的眼睛、蛋形的脸、白里不带红的面色、瘦长的身材，都宜于造成一种风韵淡远的印象。她在同学里出了名的爱好艺术，更使喜欢她的男学生从她体态里看出不可名言的高雅。有人也许嫌她美得太素净，不够荤；食肉者鄙，这些粗坯压根儿就不在曼倩带近视的弯眼睛里。她利用天生羞缩的脾气，养成落落自赏的态度。有人说她骄傲。女人的骄傲是对男人精神的挑诱，正好比风骚是对男人肉体的刺激。因此，曼倩也许并不像她自己所想的那么淡雅，也有过好几个追求她的人。不过曼倩是个慢性子，对男人的吸力也是幽缓的、积渐的。爱上她的人都是多年的老同学，正因为同学得久了，都给她看惯了，看熟了，看平常了，唤不起她的新鲜反应。直到毕业那年，曼倩还没有情人。在沉闷无聊的时候，曼倩也感到心上的空白，没有人能为她填，男女同学的机会只算辜负了，大学教育也只算白受了。这时候，凭空来了个才叔。才叔是她父亲老朋友的儿子，因为时局关系，从南方一个大学里到曼倩的学校来借读。她父亲看这位老世侄家境不甚好，在开学以前留他先到家里来住。并且为他常设个榻，叫他星期日和假日来过些家庭生活。在都市里多年的教育并未完全消磨掉才叔的乡气，也没有消磨掉他的孩子气。他的天真的卤莽、朴野的斯文，还有实心眼儿的伶俐，都使他可笑得可爱。曼倩的父亲叫曼倩领才叔到学校去见当局,帮他办理手续。从那一天起,她就隐然觉得自己比这个新到的乡下大孩子什么都来得老练成熟,有一种做能干姊姊的愉快。才叔也一见面就亲昵着她,又常到她家去住。两人混得很熟,仿佛是一家人。和才叔在一起,曼倩忘掉了自己惯常的矜持,几乎忘掉了他是有挑诱潜能的男人,正好像舒服的脚忘掉还穿着鞋子。和旁的男朋友在一起,她从没有这样自在。本是家常的要好,不知不觉地变成恋爱。不是狂热的爱,只是平顺滑溜地增加亲密。直到女同学们跟曼倩开玩笑,她才省觉自己很喜欢才叔。她父母发现这件事以后,家庭之间大起吵闹,才叔吓得不敢来住。母亲怪父亲;父亲骂女儿,也怪母亲;父亲母亲又同骂才叔,同劝女儿,说才叔家里穷,没有前途。曼倩也淌了些眼泪,不过眼泪只使她的心更坚决,宛如麻绳渍过水。她父母始则不许往来,继则不许订婚,想把时间来消耗她的爱情。但是这种爱情像习惯,养成得慢,也像慢性病,不容易治好。所以经过两年,曼倩还没有变心,才叔也当然耐心。反因亲友们的歧视,使他俩的关系多少减去内心的丰富,而变成对外的团结,对势利舆论的攻守同盟。战事忽然发生,时局的大翻掀使家庭易于分化。这造就大批寡妇鳏夫的战争反给予曼倩俩以结婚的机会。曼倩的父母亲也觉得责任已尽,该减轻干系。于是曼倩和才叔草草结婚,淡漠地听了许多"有情人终成眷属"的祝词,随着才叔做事的机关辗转到了这里。

置办内地不易得的必需品,收拾行李,省钱的舟车旅行,寻住处,借和买家具,雇老妈子,回拜才叔同事们的太太,这样忙乱了一阵，才算定下来。新婚以后，只有忙碌，似乎还没工夫尝到甜蜜。嫁前不问家事的她，现在也要管起柴米油盐来。曼倩并不奢华，但她终是体面人家的小姐。才叔月入有限，尽管内地生活当初还便宜，也觉得手头不宽。战事起了才一年，一般人还没穷惯。曼倩们恰是穷到还要讳穷、还可以遮饰穷的地步。这种当家，煞费曼倩的苦心。才叔当然极体恤，而且极抱歉。夫妇俩常希望战事快结束，生活可以比较悠闲些。然而曼倩渐渐发现才叔不是一个会钻营差使、发意外财的能干丈夫。他只会安着本分，去磨办公室里比花岗石更耐久的台角。就是战事停了，前途还很渺茫。才叔的不知世事每使她隐隐感到缺乏依傍，自己要一身负着两人生活的责任，没个推托。自己只能温和地老做保护的母亲，一切女人情感上的奢侈品，像撒娇、顽皮、使性子之类，只好和物质上的奢侈品一同禁绝。才叔本人就是个孩子，他没有这样宽大的怀抱容许她倒在里面放刁。家事毕竟简单，只有早起忙些。午饭后才叔又上办公室，老妈子在院子里洗衣服，曼倩闲坐在屋子里，看太阳移上墙头，受够了无聊和一种无人分摊的岑寂。她不喜欢和才叔同事们的家眷往来，讲奶奶经。在同地做事也有好多未嫁时的朋友，但男的当然不便来往，女的嫁的嫁了，不嫁的或有职业，或在等嫁，都忙着各人切身的事。又因为节省，不大交际，所以过往的人愈变愈少。只到晚上或星期末，偶有才叔的朋友过访；本不来看她，她也懒去应酬。她还爱看看书，只恨内地难得新书，借来几本陈旧的外国小说，铺填不满一天天时间和灵魂的空缺。才叔知道她气闷，劝她平时不妨一人出去溜达溜达。她闲得熬不住了，上过一次电影院，并非去看电影，是去看什么在内地算是电影。演的是斑驳陆离的古董外国片子，场子里长板凳上挤满本地看客。每到银幕上男女接吻，看客总哄然拍手叫着："好哇！还来一个吗？"她回来跟才叔说笑了一会，然而从电影院带归的跳虱，咬得她一夜不能好睡。曼倩吓得从此不敢看戏。这样过了两年，始终没有孩子。才叔同事的太太们每碰到她就说："徐太太该有喜啦！"因为曼倩是受过新教育、有科学常识的女子，有几位旧式太太们谈起这事，老做种种猜测。"现在的年轻人终是贪舒服呀！"她们彼此涵意无穷地笑着说。

去年春天，敌机第一次来此地轰炸。炸坏些房屋，照例死了几个不值一炸的老百姓。这样一来，把本市上上下下的居民吓坏了；就是天真未凿的土人也明白飞机投弹并非大母鸡从天空下蛋，不敢再在警报放出后，聚在街头仰面拍手叫嚷。防空设备顿时上劲起来。地方报纸连一接二发表社论和通讯，说明本市在抗战后方的重要性，该有空军保卫。也有人说，还是不驻扎飞机的好，免得变成军事目标，更惹敌人来炸——然而这派议论在报上是看不到的。入夏以后，果然本市有了航空学校，辟了飞机场，人民也看惯了本国飞机在天空的回翔。九月秋深，一天才叔回家，说本地又添一个熟人，并且带点儿亲。航空学校里有才叔一位表弟，今天到办公处来拜访他。才叔说他这位表弟从小就爱淘气，不肯好好念书，六七年不见，长得又高又大，几乎不认得了，可是说话还是嬉皮笑脸的胡闹，知道才叔已结婚，说过一两天要来"认"新表嫂呢——

"我们要不要约他来便饭?"才叔顺口问。

曼倩不很热心地说:"瞧着罢。他们学航空的人,是吃惯用惯玩惯的,你请吃饭,他未必见情。咱们已经大破费了,他还是吃得不好,也许挨饿呢。何苦呢?与其请吃不体面的饭,还是不请好。他多半是随口说着罢了;他看过你,就算完了。这种人未必会有工夫找到咱们家来。"

才叔瞧他夫人这样水泼不上,高兴冷去了一半,忙说:"我们就等着罢。他说要来的,向我问了地址。他还说,风闻你是美人,又是才女,'才貌双全',非见不可——跟我大开玩笑呢。"

"哼!那么请他不用来。我又老又丑,只算你的管家婆子!给他见到,不怕丢尽了脸!"

"笑话!笑话!"才叔摩着曼倩的头发,抚慰她说:"你看见天健,不会讨厌他。他有说有笑,很热络随和。性情也很敦厚。"于是话讲到旁处。才叔私下奇怪,何以曼倩听人说她"才貌双全"时,立刻会发牢骚。然而才叔是天生做下属和副手的人,只听命令吩咐,从不会发现问题。他看见夫人平日不吵不怨、十分平静,也没当她是个问题来研究。私下诧异一会,又不敢问。忙着吃晚饭,也就完了。

两三天后,就是星期日。隔夜才叔又想起天健明晨会来,跟他夫人说了。当日添买几色菜,准备天健来吃饭。因为天健没约定来,只是家常饭菜略丰盛些;如果来,也不会觉得是特备了等他的。又监着老妈子把客座和天井打扫得比平日彻底。夫妇俩一面忙，一面都笑说准备得无谓，来得又不是大客人，虽然如此，曼倩还换上一件比较不家常的旗袍，多敷些粉，例外地擦些口红。午刻过了好一会，还不见天健的影子。老妈子肚子饿了，直嚷着要为主人开饭。夫妇俩只好让她开上饭来对吃。才叔脾气好，笑着说："原没说定哪一天来，是我们太肯定了。今天只算我们自己请自己，好在破费无多！天井好久没有这样干净了，不知道老妈子平时怎么扫的！"

曼倩道："花钱倒在其次，只是心思白费得可恨。好好一个星期日，给他扫尽了兴。来呢说来，不来呢说不来。他只要浮皮潦草，信口敷衍你一声，哪知道人家要为他忙。只有你这样不懂事的人，旁人随口一句应酬，都会信以为真的。"

才叔瞧他夫人气色不好，忙说："他就是来，我们也不再招待他了。这孩子从小就是没头没脑的。我们饭后到公园走走，乘天气好，你也不必换什么衣服。"曼倩口里答应着，心里对天健下个"好讨厌！"的评语。

又一星期多了，天健始终没来过。才叔一天回来，说在路上碰见天健和一个年轻女子在一起："他也含含糊糊，没明白介绍是谁。想来是他新交上的女朋友——这小子又在胡闹了！那女孩子长得不错，可惜打扮有点儿过火，决不是本地人。天健听说我们那天等他来吃饭，十分抱歉。他说本想来的，给事耽搁住了。过几天他一定来，教我先向你致意，并且郑重道歉。"

"过几天来，过几天呢？"曼倩冷淡地问。

才叔说："随他几时来，反正我们不必预备。大家是亲戚，用不着虚文客套。我想他昏天黑地在闹恋爱,一时未必有工夫来,我们怕是老了!像我今天看见青年情人们在一处,全不眼红。不知道为什么,我只觉得他们幼稚得可怜,还有许多悲欢离合,要受命运的捉弄和支配。我们结过婚的人,似乎安稳多了,好比船已进港,不再怕风浪。我们虽然结婚只两年,也好算老夫妻了。"

曼倩微笑道:"'别咱们,你'"——这原是《儿女英雄传》里十三妹对没脸妇人说的话;她夫妇俩新借来这本书看完,常用书里的对白来打趣。才叔见夫人顽皮可爱,便走上去吻她。他给自己的热情麻醉了,没感到曼倩的淡漠。

那一宵,曼倩失了大半夜的眠。听才叔倦懈地酣睡,自己周身感觉还很紧张、动荡。只静静躺着诧异,何以自己年纪轻轻,而对恋爱会那样厌倦。不,不但对恋爱,对一切都懒洋洋不发生兴味。结婚才两年多,陈腐熟烂得宛似跟才叔同居了一世。"我们算稳定下来了",真有如才叔所说!然而自认识才叔以来,始终没觉到任何情感上的不安稳。怕外来势力妨害他俩恋爱的发展,那当然有的。可是,彼此之间总觉得信托得过,把握得住。无形的猜疑,有意的误解,以及其他精致的受罪,一概未经历到。从没有辛酸苦辣,老是清茶的风味,现在更像泡一次,淡一次。日子一天天无事过去,跟自己毫无关系,似乎光阴不是自己真正度过的。转瞬就会三十岁了,这样老得也有些冤枉。还不如生个孩子,减少些生命的空虚,索性甘心做母亲。当初原有个空泛的希冀,能做点事,在社会上活动,不愿像一般女人,结婚以后就在家庭以外丧失地位。从前又怕小孩子是恋爱的障碍,宁可避免。

不知道才叔要不要孩子，怕他经济又负担不起。这害人的战事什么时候会了结……

曼倩老晚才起来。她起床时，才叔已出门了。她半夜没睡，头里昏沉沉，眼皮胀结得抬不甚起。对着镜子里清黄的长脸，自己也怕细看。洗面漱口后，什么劲儿都鼓不起。反正上午谁也不会来，便懒得打扮。休息了一会，觉得好受些。老妈子已上街买菜回来，曼倩罩上青布褂子，帮她在厨房里弄菜做饭。正忙得不可开交，忽听见打门声，心里想这时候有谁来。老妈子跑去开门。曼倩记起自己蓬头黄脸，满身油味，绝对见不得生人，懊悔没早知照老妈子一声。只听老妈子一路叫"奶奶！"，直奔灶下，说有个姓周的，是先生那门子亲戚，来看先生和奶奶，还站在院子里呢，要不要请他进来。曼倩知道天健来了，窘得了不得。给老妈子那么嚷，弄得无可推避，当时要骂她无济于事。出去招呼呢？简直自惭形秽，毕竟客气初见，不愿意丢脸。要是进卧室妆扮一下再见他，出厨就是天井，到中间屋子折入卧室，非先经过天井不可。不好意思见客，只得吩咐老妈子去道歉，说先生不在家，等先生回来告诉他。老妈子大声应着出去了。曼倩一阵羞恨，也不听老妈子把话传得对不对，想今天要算是无礼慢客了，天健明知自己在灶下不肯出见。也许他会原谅自己上灶弄得乌烟瘴气，仓猝不好见客。然而号称"才貌双全"的表嫂竟给烟火气熏得见不了生客，也够丢人了！这也该怪天健不好，早不来，迟不来，没头没脑地这会子闯来。曼倩正恨着，老妈子进来报客人去了，说星期六下午再来。曼倩没好气，教训老妈子不该有人来直嚷。结果老妈子咕嘟起嘴，闹着要不干，曼倩添了气恼。到才叔回家午饭，曼倩告诉他上午的事，还怨他哪里来的好表弟，平白地跟人家捣乱。

夫妇俩虽说过不特地招待天健，星期六午时才叔还买些糕点带回。饭后曼倩用意重新修饰一番。上次修饰只是对客人表示敬意，礼仪上不许她蓬头黄脸出来见客。这次全然不同。前天避面不见的羞愧似乎还在她意识底下起作用。虽然天健没瞧见她，而曼倩总觉得天健想像里的自己只是一个烟熏油腻、躲在灶下见不得他的女人。今天需要加工夫打扮，才能恢复名誉。无意中脂粉比平日施得鲜明些，来投合天健那种粗人的审美程度。

三点多钟，天健带了礼物来了。相见之后，曼倩颇为快意地失望。原来他并不是粗犷浮滑的少年，曼倩竟不能照她预期的厌恶他。像一切航空人员，天健身材高壮，五官却雕琢得很精细，态度谈吐只有比才叔安详。西装穿得内行到家，没有土气，更没有油气。还是初次见面呢，而他对自己的客气里早透着亲热了，一望而知是个善于交际的人。才叔和他当然有好多话可讲；但她看出他不愿一味和才叔叙旧，冷落着自己，所以他时时把谈话的线索放宽，撒开，分明要将自己也圈进去。是的，事实不容许她厌恶天健，除非讨厌他常偷眼瞧自己。有一次，天健在看自己时，刚跟自己看他的眼锋相接，自己脸上立刻发热，眼睛里也起了晕，像镜面上呵了热气，而天健反坦白地一笑，顺口问自己平时怎样消遣。这人好算得机灵！因为天健送的礼不薄，夫妇俩过意不去，约他明晚来便饭。那顿预定要请吃的饭，始终没省掉。

明天，曼倩整下午的忙，到百凡就绪，可以托给老妈子了，才回房换好衣服，时间尚早，天健已来，才叔恰出去访友未回。曼倩一人招待他，尽力镇住腼腆，从脑子犄角罅缝里搜找话题。亏得天健会说话，每逢曼倩话窘时，总轻描淡写问几句，仿佛在息息扩大的裂口上搭顶浮桥，使话头又衔接起来。曼倩明白他看破自己的羞缩，在同情地安抚自己，想着有点滑稽，也对他感激。天健说，他很想吃曼倩做的菜，而又怕曼倩操劳，所以今天的心理不无矛盾。更说他自己也会烧菜，找一天他下厨房显显手段。曼倩笑道："亏得我没早知道你有这本领！我本不会做菜，以后你来吃饭，我更不敢做，只好请你吃白饭了。"天健有与人一见如故的天才，兴会蓬勃，能使一切交际简易化。曼倩不知不觉中松了拘束。才叔回来，看见他俩正高兴说笑着，曼倩平时的温文里添上新的活泼，知道他夫人对他表弟的偏见已经消释，私心颇为欣慰。到坐下吃饭时，三人都忘了客套，尤其是曼倩——她从来没觉得做主妇这样容易，招待客人的责任这样轻松。天健叙述许多到本地来以前的事，又说一个同乡人家新为他布置一间房，有时玩得太晚了，可以在校外住宿。才叔忽然想到和天健一起走的那个女人，问道："和你一起玩儿的女孩子不会少罢？那天和你逛街的是谁？"

天健呆了一呆，说："哪一天？"

曼倩顽皮地插嘴道："意思是说：'哪一个？'想他天天有女朋友同玩的，所以多得记不清了。"

天健对她笑说："我知道表嫂说话利害！可是我实在记不起。"

才叔做个鬼脸道："别装假！就是我在中山路拐弯碰见你的那一天，和你并肩走的圆脸紫衣服的那一位——这样见证确凿，你还不招供么？"

天健道："唉？那一个。那一个就是我房东的女儿……"曼倩和才叔都以为还有下文，谁知他顿一顿，就借势停了，好像有许多待说出的话又敏捷地、乖觉地缩回静默里去。夫妇俩熬不住了，两面夹攻他："无怪你要住她家的房子！"

天健分辩似的忙说："是这么一回事。我的房东是位老太太。我在四川跟她的侄儿混得很熟。我到此地来，她侄儿写信介绍，凑巧她租的屋子有多余，所以划出一间给我用——是啊！我偷空进城的日子，有一个歇脚点，朋友来往也方便。她只有一子一女。儿子还上学读书，这位小姐今年夏天大学毕业，在什么机关里当科员。那女孩子长得还不错，也会打扮。就是喜欢玩儿，她母亲也管不了她——"说到此，天健要停，忽又补上道："航空学校同事跟她来往的很多，不单是我。"

当科员的才叔听着想："原来是办公室的'花瓶'！"没说出口。曼倩的笑像煮沸的牛奶直冒出来："那位小姐可算得航空母舰了！"才叔不自主地笑了。天健似乎受到刺痛地闪了闪，但一刹那就恢复常态，也挼进去笑。曼倩说过那句话，正懊恼没先想想再说，看见天健表情，觉得他笑容勉强，更恨自己说话冒昧，那女孩子没准是他的情人。今天话比平时说得太多，果然出这个乱子。曼倩想着,立刻兴致减退,对自己的说话也加以监视和管束,同时,她看天健的谈笑也似乎不像开始时的随便坦率——但这或许是她的疑心生鬼。只有才叔还在东扯西拉,消除了宾主间不安的痕迹。好容易饭吃完,天健坐了一会儿就告辞。他对曼倩谢了又谢,称赞今天的菜。曼倩明知这是他的世故,然而看他这般郑重其事地称谢,也见得他对自己的敬意,心上颇为舒服。夫妇俩送他出院子时,才叔说:"天健,你不嫌我这儿简陋,有空常来坐坐。反正曼倩是简直不出门的,她也闲得气闷。你们俩可以谈谈。"

"我当然喜欢来!就怕我们这种人,个个都是粗坯,够不上资格跟表嫂谈话。"虽然给笑冲淡了严重性,这话里显含着敌意和挑衅。亏得三人都给门前的夜色盖着,曼倩可以安全地脸红,只用极自然的声调说:

"只怕你不肯来。你来我最欢迎没有。可是我现在早成管家婆子,只会谈柴米油盐了。而且我本来就不会说话。"

"大家无须客气!"才叔那么来了一句。这样嘱了"再会","走好",把天健送走了。

两天后的下午,曼倩正在把一件旧羊毛里衣拆下的毛线泡过晾干了想重结,忽然听得天健来。曼倩觉得他今天专为自己来的,因为他该知道这时候才叔还没下班。这个发现使她拘谨,失掉自在。所以见面后,她只问声今天怎会有工夫来,再也想不出旁的话。前天的亲热,似乎已经消散,得重新团捏起来。天健瞧见饭桌上拆下的毛线堆,笑道:"特来帮你绷线。"曼倩要打破自己的矜持，忽生出不自然的勇敢，竟接口说："你来得正好，我正愁没人绷线，才叔手腕滞钝，不会活络地转。我今天倒要试试你。只怕你没耐心。让我先把这毛线理成一股股。"这样，一个人张开手绷线，一个人绕线成球，就是相对无言，这毛线还替彼此间维持着不息的交流应接，免除了寻话扯淡的窘态。绕好两三个球以后，曼倩怕天健厌倦，说别绕罢，天健不答应。直到桌上的线都绕成球，天健才立起来，说自己的手腕和耐心该都过得去罢，等不及才叔回来，要先走了。曼倩真诚地抱歉说："太委屈了你！这回捉你的差，要吓得你下回不敢来了。"天健只笑了笑。

从此，每隔三四天，天健来坐一会儿。曼倩注意到，除掉一次请她夫妇俩上馆子以外，天健绝少在星期日来过。他来的时候，才叔总还在办公室。曼倩猜想天健喜欢和自己在一起。这种喜欢也无形中增进她对自己的满意。仿佛黯淡平板的生活里，滴进一点颜色，皱起些波纹。天健在她身上所发生的兴趣，稳定了她摇动的自信心，证明她还没过时，还没给人生消磨尽她动人的能力。要对一个女人证明她可爱，最好就是去爱上她。在妙龄未婚的女子，这种证明不过是她该得的承认，而在已婚或中年逼近的女人，这种证明不但是安慰，并且算得恭维。选择情人最严刻的女子，到感情上回光返照的时期，常变为宽容随便；本来决不会被爱上做她丈夫的男子，现在常有希望被她爱上当情人。曼倩的生命已近需要那种证明、那种恭维的时期。她自忖天健和她决不会闹恋爱——至少她不会热烈地爱天健。她并不担忧将来；她有丈夫，这是她最有效的保障，对天健最好的防御。她自己的婚姻在她和天健的友谊里天然的划下一条界限，彼此都不能侵越。天健确讨人喜欢——她心口相语，也不愿对他下更着痕迹的评定，说他"可爱"——无怪才叔说他善交女友。想到天健的女友们，曼倩忽添上无理的烦恼，也许天健只当她是那许多"女朋友"中的一个。不，她断不做那一类的女友，他也不会那样对待她。他没有用吃喝玩乐的手段来结交她。他常来看她，就表示他耐得住恬静。天健来熟了以后，她屡次想把才叔说他的话问他，然而怕词气里不知不觉地走漏心坎里的小秘密，所以始终不敢询问。这个秘密，她为省除丈夫的误会起见，并不告诉才叔。因此，她有意无意地并不对才叔每次提起天健曾来瞧她。她渐渐养成习惯，隔了两天，就准备（她不承认是希望）他会来，午饭后，总稍微打扮一下。虽然现在两人见惯了，而每听到他进门的声音，总觉得震动，需要神速的大努力，使脸上不自主的红晕在他见面以前褪净。

　　她活着似乎有些劲了。过了个把月，已入冬天，在山城里正是一年最好的时季。连续不断的晴光明丽，使看惯天时反复的异乡人几乎不相信天气会这样浑成饱满地好。日子每天在嫩红的晨光里出世，在熟黄的暮色里隐退。并且不像北方的冬晴，有风沙和寒冷来扫兴。山城地形高，据说入冬就有雾围裹绕，减少空袭的可能性，市面也愈加热闹。一天，天健照例来了，只坐一会儿就嚷要走。曼倩说，时间还早，为什么来去匆匆。天健道："天气好得使人心痒痒的，亏你耐得住在家里闷坐！为什么不一同上街走走？"

这一问把曼倩难倒了。要说愿意在家里闷着，这句话显然违心，自己也骗不信。要跟天健做伴在大街上走，又觉得不甚妥当，旁人见了会说闲话，有些顾忌——这句话又不便对天健明说。结果只软弱地答复说："你在这儿无聊，就请便罢。"

天健似乎明白她的用意，半顽皮、半认真地说："不是我，是你该觉得枯坐无聊。我是常常走动的。同出去有什么关系？不成才叔会疑心我拐走了你！"

曼倩愈为难了，只含糊说："别胡扯！你去罢，我不留你。"

天健知道勉强不来，便走了。到天健走后，曼倩一阵失望，才明白实在要他自动留下来的。现在只三点多钟，到夜还得好半天，这一段时间横梗在前，有如沙漠那样难于度越。本来时间是整片成块儿消遣的，天健一去，仿佛钟点分秒间抽去了脊梁，散漫成拾不完数不尽的一星一米，没有一桩事能像线索般把它们贯串起来。孤寂的下午是她常日过惯的，忽然竟不能再忍受。才想起今天也不妨同天健出去，因为牙膏牙刷之类确乎该买。虽然事实上在一起的不是丈夫，但是"因公外出"对良心有个交代，对旁人有个借口，总算不是专陪外人或叫外人陪着自己出去逛街的。

过一天，天气愈加诱人地好。昨日的事还有余力在心上荡漾着，曼倩果然在家坐不住了。上午有家事须料理；防空的虚文使店家到三点后才开门。曼倩午后就一个人上街去。几天没出来，又新开了好几家铺子，都勉强模仿上海和香港的店面。曼倩站在一家新开的药房前面，看橱窗里的广告样品，心里盘算着进去买些什么。背后忽有男人说话，正是天健的声音。她对橱窗的脸直烧起来，眼前一阵糊涂，分不清橱窗里的陈设，心像在头脑里舂，一时几乎没有勇气回过脸去叫他。在她正转身之际，又听得一个女人和天健说笑，她不由自主，在动作边缘停下来。直到脚步声在身畔过去，才转身来看，只见天健和一个女人走进这家药房。这女人的侧面给天健身体挡着，只瞧见她的后影，一个能使人见了要追过去看正面的俏后影。曼倩恍然大悟，断定是"航空母舰"。顿时没有勇气进店，像逃避似的迅速离开。日用化妆品也无兴再买了，心上像灌了铅的沉重，脚下也像拖着铅，没有劲再步行回家，叫了洋车。到家平静下来，才充分领会到心里怎样难过。她明知难过得没有道理，然而谁能跟心讲理呢？她并不恨天健，她只觉得不舒服，好像识破了一月来的快活完全是空的——不，不是空的，假使真是空的，不会变成这样的滋味。她希望立刻看见天健，把自己沸乱的灵魂安顿下去。今天亲眼瞧见的事，似乎还不能相信，要天健来给她证明是错觉。总之，天健该会向她解释。但今天他不会来了，也许要明天，好远的明天！简直按捺不住心性来等待。同时首次感到亏心，怕才叔发现自己的变态。那晚才叔回家，竟见到一位比平常来得关切的夫人，不住地向他问长问短。曼倩一面谈话，一面强制着烦恼，不让它冒到意识面上来。到睡定后，又怕失眠，好容易动员了全部心力，扯断念头，放在一边，暂时不去想它，像热天把吃不完的鱼肉搁在冰箱里，过一夜再说。明天醒来，昨夜的难受仿佛已在睡眠时溜走。自己也觉得太可笑了，要那样的张大其事。天健同女人出去玩,跟自己有什么相干?反正天健就会来,可以不露声色地借玩笑来盘问他。但是一到午后,心又按捺不住,坐立不定地渴望着天健。

那天午后,天健竟没来。过了一天又一天,天健也不来,直到第五天,他还没来。彼此认识以后,他从没有来得这样稀。曼倩忽然想,也许天健心血来潮,知道自己对他的心理,不敢再来见面。然而他怎会猜测到呢?无论如何,还是绝了望,干脆不再盼他来罢。曼倩领略过人生的一些讽刺,也了解造物会怎样捉弄人。要最希望的事能实现,还是先对它绝望,准备将来有出于望外的惊喜。这样绝望地希望了三天,天健依然踪迹全无。造物好像也将错就错,不理会她的绝望原是戴了假面具的希望,竟让它变成老老实实的绝望。

这八天里,曼倩宛如害过一场重病,精神上衰老了十年。一切恋爱所有的附带情感,她这次加料尝遍了。疲乏中的身心依然紧张,有如失眠的人,愈困倦而神经愈敏锐。她好几次要写信给天健,打过不知多少腹稿,结果骄傲使她不肯写,希望——"也许他今天或明天自会来"——叫她不必写。当才叔的面,她竭力做得坦然无事,这又耗去不少精力。所以,她不乐意才叔在家里,省得自己强打精神来应付他。然而才叔外出后,她一人在家,又觉得自己毫无保障地给烦恼摆布着。要撇开不想,简直不可能。随便做什么事,想什么问题,只像牛拉磨似的绕圈子,终归到天健身上。这八天里,天健和她形迹上的疏远,反而增进了心理上的亲密;她以前对天健是不肯想念,不允许自己想念的,现在不但想他，并且恨他。上次天健告别时，彼此还是谈话的伴侣，而这八天间她心里宛如发着酵，酝酿出对他更浓烈的情感。她想把绝望哄希望来实现，并未成功。天健不和她亲热偏赚到她对他念念不忘。她只怪自己软弱，想训练自己不再要见天健。——至多还见他一次，对他冷淡，让他知道自己并不在乎他的来不来。

又是一天。曼倩饭后在洗丝袜。这东西是经不起老妈子的粗手洗的，曼倩有过经验。老妈子说要上街去，曼倩因为两手都是肥皂，没起来去关门，只吩咐她把门虚掩。心里盘算，过几天是耶稣圣诞了，紧接着就是阳历新年，要不要给天健一个贺年片——只是一个片子，别无他话。又恨自己是傻子，还忘不下天健，还要去招惹他。一会儿洗完袜子，抹净了手，正想去关门，忽听得门开了。一瞧就是天健，自己觉得软弱，险的站立不稳。他带上门，一路笑着嚷："怎么门开着？一个人在家么？又好几天没见面啦！你好啊？"

曼倩八天来的紧张忽然放松，才发现心中原来收藏着许多酸泪，这时候乘势要流出来。想对天健客套地微笑，而脸上竟凑不起这个表情。只低着头哑声说道："好一个稀客！"

天健感到情景有些异常，呆了一呆，注视着曼倩，忽然微笑，走近身，也低声说："好像今天不高兴，跟谁生气呢？"

曼倩准备对他说的尖酸刻刺的话，一句也说不出。静默压着自己，每秒钟在加重量，最后挣扎说道："你又何必屈尊来呢？这样好天气，正应该陪女朋友逛街去。"说到这里觉得受了无限委屈，眼泪更制不住，心上想："糟了糟了!给他全看透了!"正在迷乱着，发现天健双手抱住自己后颈，温柔地吻着自己的眼睛说："傻孩子!傻孩子!"曼倩本能地摔脱天健的手，躲进房去，一连声说："你去罢!我今天不愿意见你。你快去!"

天健算是打发走了。今天的事彻底改换了他对曼倩的心理。他一个月来对曼倩的亲密在回忆里忽发生了新鲜的、事先没想到的意义。以前指使着自己来看曼倩的动机，今天才回顾明白了，有如船尾上点的灯，照明船身已经过的一条水路。同时，他想他今后对曼倩有了要求的权利，对自己有了完成恋爱过程的义务。虽然他还不知道这恋爱该进行到什么地步，但是被激动的男人的虚荣心迫使他要加一把劲，直到曼倩坦白地、放任地承认他是情人。曼倩呢，她知道秘密已泄漏了，毫无退步，只悔恨太给天健占了上风，让天健把事看得太轻易。她决意今后对天健冷淡，把彼此间已有的亲热打个折扣，使他不敢托大地得寸进尺。她想用这种反刺激，引得天健最后向自己恳切卑逊地求爱。这样，今天的事才算有了报复，自己也可以挣回面子。她只愁天健明天不来，而明天天健来时，她又先吩咐老妈子说"奶奶病了"，让他改天再来。天健以为她真害病，十分关切，立刻买了两篓重庆新来的柑子，专差送去。因为不便写信，只附了一个名片。过一晚，又寄一张贺柬，附个帖子请才叔夫妇吃耶稣圣诞晚饭。回信虽由才叔署名，却是曼倩的笔迹，措词很简单，只说："请饭不敢辞，先此致谢，到那天见。"天健细心猜揣，这是曼倩暗示不欢迎自己去看她;有抵抗能力的人决不躲闪，自己该有胜利者的大度，暂时也不必勉强她。到圣诞晚上，两人见面，也许是事情冷了，也许因有才叔在旁壮胆，曼倩居然相当镇静。天健屡次想在她眼睛里和脸上找出共同秘密的痕影，只好比碰着铁壁。饭吃得颇为畅快，但天健不无失望。此后又逢阳历年假，才叔不上办公室。天健去了一次，没机会跟曼倩密谈。并且曼倩疏远得很，每每借故走开。天健想她害羞远着自己，心上有些高兴，然而看她又好像漠然全没反应，也感到惶惑。

才叔又上办公室了，天健再来见曼倩的面。以前的关系好像吹断的游丝，接不起来。曼倩淡远的态度，使天健也觉得拘束，更感到一种东西将到手忽又滑脱的恼怒。他拿不定主意该怎么办，是冷静地轻佻，还是热烈地卤莽。他看她低头在结毛线，脸色约束不住地微红，长睫毛牢覆下垂的眼光仿佛灯光上了罩子，他几乎又要吻她。他走近她面前，看她抬不起的脸红得更鲜明了。他半发问似的说："这几天该不跟我生气了？"

"我跟你生什么气？没有这回事。"曼倩强作安详地回答。

天健道："咱们相处得很好，何苦存了心迹，藏着话不讲！"

曼倩一声不响，双手机械地加速度地结着。天健逼近身，手搁在曼倩肩上。曼倩扭脱身子，手不停结，低声命令说："请走开！老妈子瞧见了要闹笑话的。"

天健只好放手走远些，愤愤道："我知道我不受欢迎了！我来得太多，讨你的厌，请你原谅这一次，以后决不再来讨厌。"说着，一面想话说得太绝了，假使曼倩不受反激，自己全没退步余地，便算失败到底了。曼倩低头做她的活，不开口。在静默里，几分钟难过得像几世。天健看逼不出什么来,急得真上了气,声音里迸出火道:"好罢!我去了,决不再来打扰你……你放心罢。"

天健说完话,回身去拿帽子。曼倩忽抬起头来,含羞带笑,看了发脾气的天健一眼,又低下头说:"那末明天见。我明天要上街,你饭后有空陪我去买东西不?"天健莫名其妙,呆了一呆,醒悟过来,快活得要狂跳,知道自己是胜利了,同时觉得非接吻以为纪念不可。然而他相信曼倩决不会合作,自己也顾忌着老妈子。他出门时满腔高兴,想又是一桩恋爱成功了,只恨没有照例接吻来庆祝成功,总是美满中的缺陷。

这个美中不足的感觉,在以后的三四星期里,只有增无减。天健跟曼倩接近了,发现曼倩对于肉体的亲密,老是推推躲躲,不但不招惹,并且不迎合。就是机会允许拥抱,这接吻也要天健去抢劫,从不是充实的、饱和的、圆融的吻。天生不具有辛辣的刺激性或肥腻的迷醉性,曼倩本身也不易被激动或迷诱,在恋爱中还不失幽娴。她的不受刺激,对于他恰成了最大的刺激。她的淡漠似乎对他的热烈含有一种挑衅的藐视,增加他的欲望,搅乱他的脾气,好比一滴冷水落在烧红的炭炉子里,"嗤"的一声触起盖过火头的一股烟灰。遭曼倩推拒后,天健总生气,几乎忍不住要问,她许不许才叔向她亲热。但转念一想,这种反问只显得自己太下流了;盗亦有道,偷情也有它的伦理,似乎她丈夫有权力盘问她和她情人的关系,她情人不好意思质问她和丈夫的关系。经过几次有求不遂,天健渐渐有白费心思的失望。空做尽张致,周到谨密,免得才叔和旁人猜疑,而其实全没有什么,恰像包裹挂号只寄了一个空匣子。这种恋爱又放不下，又乏味。总不能无结果就了呀！务必找或造个机会，整个占领了曼倩的身心。上元节后不多几日，他房主全家要出城到乡下去，他自告奋勇替他们今天看家，预约曼倩到寓所来玩。他准备着到时候尝试失败，曼倩翻脸绝交。还是硬生生拆开的好，这样不干不脆、不痛不痒地拖下去，没有意思。居然今天他如愿以偿。他的热烈竟暂时融解了曼倩的坚拒，并且传热似的稍微提高了她的温度。

他们的恋爱算是完成，也就此完毕了。天健有达到目的以后的空虚。曼倩在放任时的拘谨，似乎没给他公平待遇，所以这成功还是进一步的失败。结果不满意，反使他天良激发，觉得对不住曼倩，更对不住才叔；自己有旁的女人，何苦"亲上加亲"地去爱表嫂。曼倩决然而去，不理他的解释和道歉，这倒减少他的困难，替他提供了一个下场的方式。他现在可以把曼倩完全撇开，对她有很现成的借口：自觉冒犯了她，无颜相见。等将来曼倩再找上来，临时想法对付。曼倩却全没想到将来。她一口气跑回家，倒在床上。心像经冰水洗过的一般清楚，知道并不爱天健。并且从前要博天健爱她的虚荣心，此时消散得不留痕迹。适才的情事，还在感觉里留下后影，好像印附着薄薄一层的天健。这种可憎的余感，不知道多久才会褪尽。等一会儿才叔回来，不知道自己的脸放在哪里。

那天晚上，才叔并没看出曼倩有何异常。天健几星期不来，曼倩也深怕他再来，仿佛一种不良嗜好，只怕它戒绝不断。自从那一次以后，天健对她获得了提出第二次要求的权力，两人面对面,她简直没法应付。她相信天健不失是个"君子",决不至于出卖她,会帮她牢守那个秘密。但是,万一这秘密有了事实上的结果,遮盖不下的凭据——不!决不会!天下哪有那么巧的事?她只懊悔自己一时糊涂,厌恨天健混账,不敢再想下去。

天气依然引人地好。曼倩的心像新给虫蛀空的,不复萌芽生意。这样,倒免去春天照例的烦闷。一天中饭才吃完,才叔正要睡午觉,忽听得空袭警报。和风暖日顿时丧失它们天然的意义。街上人声嘈杂,有三个月没有警报了,大家都不免张皇失措。本地的飞机扫上天空,整个云霄里布满了它们机器的脉搏,然后,渐渐散向四郊去。老妈子背上自己衣包,还向曼倩要了几块钱,气喘吁吁跑到巷后防空壕里去躲,忙忙说:"奶奶,你和先生快来呀!"才叔懒在床上,对曼倩说,多半是个虚惊,犯不着到壕里去拌灰尘挤人。曼倩好像许多人,有个偏见,她知道有人被炸死,而总不信自己会炸死。才叔常对朋友们称引他夫人的妙语:"中空袭的炸弹像中航空奖券头彩一样的难。"一会儿第二次警报发出;汽笛悠懈的声音,好比巨大的铁嗓子,仰对着荡荡青天叹气。两人听得四邻毕静,才胆怯起来。本来是懒得动,此时又怕得不敢动。曼倩一人在院子里,憋住气遥望。敌机进入市空,有一种藐视的从容,向高射机关枪挑逗。那不生效力的机关枪声好像口吃者的声音,对天格格不能达意,又像咳不出痰来的干嗽。她忽然通身发软,不敢再站着看,急忙跑回卧室去。正要踏进屋子,一个声音把心抽紧了带着同沉下去,才沉下去又托着它爆上来,几乎跳出了腔子,耳朵里一片响。关上的窗在框子里不安地颤动着,茶盘里合着的杯子也感受到这力量,相碰成一串急碎的音调。曼倩吓得倒在椅子时,搀了才叔的手,平时对他的不满意,全没有了,只要他在自己身边。整个天空像装在脑子里,那些机关枪声,炸弹声,都从飞机声的包孕中分裂出来,在头脑里搅动,没法颠簸它们出去。不知过了多少时候,才又安静。树上鸟雀宛如也曾中止了啁啾,这时候重开始作声。还是漠然若无其事的蓝天,一架我们的飞机唿喇喇掠过天空,一切都没了。好一会警报解除。虽然四邻尚无人声,意想中好像全市都开始蠕动。等老妈子又背包回来,才叔夫妇才同到大街,打探消息。街上比平时更热闹,好多人围着看防空委员会刚贴出的红字布告,大概说:"敌机六架窜入市空无目的投弹,我方损失极微。当经我机迎头痛击,射落一架,余向省境外逃去。尚有一机被我射伤,迫落郊外某处,在寻探中。"两人看了,异口同声说,只要碰见天健,就会知道确讯。才叔还顺口诧异天健为什么好久没来。

此时天健人和机都落在近郊四十里地的乱石坡里,已获得惨酷的平静。在天上活动的他,也只有在地下才能休息。

这个消息,才叔夫妇过三天才确实知道。才叔洒了些眼泪,同时伤心里也有骄傲,因为这位英雄是自己的表弟。曼倩开始觉得天健可怜,像大人对熟睡的淘气孩子,忽然觉得他可怜一样。天健生前的漂亮、能干、霸道、圆滑,对女人是可恐怖的诱惑,都给死亡勾销了,揭破了,仿佛只是小孩子的淘气,算不得真本领。同时曼倩也领略到一种被释放的舒适。至于两人间的秘密呢，本来是不愿回想，对自己也要讳匿的事，现在忽然减少了可恨，变成一个值得保存的私人纪念，像一片枫叶、一瓣荷花，夹在书里，让时间慢慢地减退它的颜色，但是每打开书，总看得见。她还不由自主地寒栗，似乎身体上沾染着一部分死亡，又似乎一部分身体给天健带走了，一同死去。亏得这部分身体跟自己隔离得远了，像蜕下的皮、剪下的头发和指甲，不关痛痒。

不久，本市各团体为天健开个追悼会，会场上还陈列这次打下来一架敌机的残骸。才叔夫妇都到会，事先主席团要请才叔来一篇演讲或亲属致词的节目，怎么也劝不动他。才叔不肯借死人来露脸，不肯在情感展览会上把私人的哀伤来大众化，这种态度颇使曼倩对丈夫增加敬重。一番热闹之后，天健的姓名也赶上他的尸体，冷下去了，直到两三星期后，忽又在才叔夫妇间提起。他俩刚吃完晚饭，在房里闲谈，才叔说："看来你的征象没什么怀疑了。命里注定有孩子，躲避不了。咱们也该有孩子了，你不用恨。经济状况还可以维持，战事也许在你产前就结束，更不必发愁。我说，假如生一个男孩子，我想就叫他'天健'，也算纪念咱们和天健这几个月的相处。你瞧怎样？"

曼倩要找什么东西，走到窗畔，拉开桌子抽屉，低头乱翻，一面说："我可不愿意。你看见追悼会上的'航空母舰'么？哭得那个样子，打扮得活像天健的寡妇！天健为人，你是知道的。他们俩的关系一定很深，谁知道她不——不为天健留下个种子？让她生儿子去纪念天健罢。我不愿意！并且，我告诉你，我不会爱这个孩子，我没有要过他。"

才叔对他夫人的意见，照例没有话可说。他夫人的最后一句话增加了自己的惶恐，好像这孩子该他负责的。他靠着椅背打了个呵欠道："好累呀——呀！那末，就看罢。你在忙着找什么？"

"不找什么。"曼倩含糊说，关上了抽屉，"——我也乏了，脸上有些升火。今天也没干什么呀！"

才叔懒洋洋地看着他夫人还未失去苗条轮廓的后影，眼睛里含着无限的温柔和关切。

附　录

《写在人生边上》和《人·兽·鬼》
重　印　本　序*

　　考古学提倡发掘坟墓以后，好多古代死人的朽骨和遗物都暴露了；现代文学成为专科研究以后，好多未死的作家的将朽或已朽的作品都被发掘而暴露了。被发掘的喜悦使我们这些人忽视了被暴露的危险，不想到作品的埋没往往保全了作者的虚名。假如作者本人带头参加了发掘工作，那很可能得不偿失，"自掘坟墓"会变为矛盾统一的双关语：掘开自己作品的坟墓恰恰也是掘下了作者自己的坟墓。

　　《写在人生边上》是四十年前写的，《人·兽·鬼》是三十六七年前写的，那时候，我对自己的生命还没有愈来愈逼窄的边缘感觉，对人、兽、鬼等事物的区别还有非辩证的机械看法。写完了《围城》，我曾修改一下这两本书的文字；改本后来都遗失了，这也表示我不很爱惜旧作。四年前，擅长发掘文墓和揭开文幕

---

　　*　《写在人生边上》与《人·兽·鬼》曾于一九八三年由福建人民出版社分别出版，本序即为此次出版而写。——本书编者注

的陈梦熊同志向我游说，建议重印这两本书。他知道我手边没有存书，特意在上海设法复制了原本寄给我。在写作上，我也许是一个"忘本"的浪子，懒去留恋和收藏早期发表的东西。《上海抗战时期文学丛书》编委会成立，朱雯、杨幼生两位同志都要把这两本书收进《丛书》。我自信我谢绝的理由很充分：《写在人生边上》不是在上海写的，《人·兽·鬼》不是在抗战时期出版的，混在《丛书》里，有冒牌的嫌疑。于是，《丛书》主要编委柯灵同志对我说："你不让国内重印，事实上等于放任那些字句讹脱的'盗印本'在国外继续流传，这种态度很不负责。至于《丛书》该不该收，编委自有道理，你不用代我们操心。"他讲来振振有词，我一向听从我这位老朋友的话，只好应允合作。又麻烦梦熊同志复制一次，因为我把他寄来的本子早丢了。

我硬了头皮，重看这两本书；控制着手笔，只修改少量字句。它们多少已演变为历史性的资料了，不容许我痛删畅添或压根儿改写。但它们总算属于我的名下，我还保存一点主权，不妨零星枝节地削补。

《丛书》的体例对作者提一个要求，他得在序文里追忆一下当时的写作过程和经验。我们在创作中，想像力常常贫薄可怜，而一到回忆时，不论是几天还是几十年前、是自己还是旁人的事，想像力忽然丰富得可惊可喜以至可怕。我自知意志软弱，经受不起这种创造性记忆的诱惑，干脆不来什么缅怀和回想了。两本小书也值不得各有一序，这篇就一当两用吧。

一九八二年八月